俳句という無限空間

大輪靖宏

文學の森

俳句という無限空間——目次

装丁　井原靖章

俳句という無限空間

I

短歌の表現技術から見た俳句の特性
――俳句が強い表現力を持つ理由

短歌と俳句

俳句の表現能力の大きさということを考えてみるとき、短歌の表現法を参照してみることが良い助けになると思う。短歌は俳句に比べるとはるかに長い歴史を持ち、俳句がまだ生まれていない平安時代においても、すでに歌合などを通じて歌論が発達していた。短歌の長い歴史は、大きな表現力を求めての歴史でもあったのだ。

その点を粗筋ながらたどって俳句へと話を進めてみたい。

短歌と俳句は日本を代表する韻文芸形態である。短歌の他にも和歌には長歌、旋頭歌、仏足石歌などがあるが、この中で一番多く作られ、今日まで生き残っているものとして、ここでは短歌だけを取り出して俳句と比べてみたい。

しかし、短歌と俳句というこの二つは対等の関係にはない。周知の如く、短歌から連歌が生まれ、その連歌のふざけたものが俳諧の連歌と言われ、その俳諧の連歌の発句が、今日、俳句と呼ばれているものである。したがって、俳句は短歌の孫と言っても良いのだが、社会的認証度においては短歌と俳句の間には大きな隔たりがある。

短歌は日本を代表する文芸として、平安時代から室町時代へかけて二十一の勅撰集が作られているのであって、文句の付けようのない我が国の代表的文芸である。しかもその発生は『古事記』に載っている素戔嗚尊《すさのおのみこと》の「八雲立つ出雲八重垣妻籠《ご》みに八重垣作るその八重垣を」という歌から始まると言われており、神代からの伝統を誇っているのだ。

また、連歌は、第十二代景行天皇の皇子である日本武尊《やまとたけるのみこと》の「新治《にひばり》筑波を過ぎて幾夜か寝つる」という問いかけに対して、御火焼《みひたき》の老人《おきな》が「日日並《かがな》べて夜には九夜《ここのよ》日には十日を」と答えたのが、始まりであるとされている。もっともこの事例は、旋頭歌の上の句と下の句を詠みあったものであるが、この後、短連歌として発達し、くさり連歌にまで及ぶものは、そのリズム形態を、五七五に七七を付け、七七に五七五を付けるというように、短歌の五七五七七によっている。

したがって連歌は、短歌から生まれ、発達したものと言って良いのだ。そして、連歌は短歌より一段落ちるとは言え、それでも准勅撰集たる『菟玖波集』や『新撰菟玖波集』が南北朝時代から室町時代へかけて作られており、これもまた、我が国の公に認められた文芸と言える。

ところが、これに引き替え、俳句は、勅撰集はおろか准勅撰集も作られたことがない。伝承とは言え、短歌の創始者が神様であり、連歌の創始者が天皇の御子であるのに比べると、俳諧は最初に作った人が誰かも分からないのだ。立派な来歴を持つ短歌、連歌に対して、俳句には誇るべき過去がないのである。芭蕉の時代で言えば、室町時代末期の山崎宗鑑、荒木田守武の作品や、江戸時代に入ってからの貞門派、談林派などの作品が辛うじて俳句の歴史と言えるのだが、和歌、連歌に比べればほとんど歴史らしい歴史はないと言ってよい。芭蕉も「この道（俳諧）に古人なし」（三冊子）と言っている。こうした中で、俳句（当時は俳諧の発句と言った）の独自性を守り、短歌と並ぶ文芸にまで持っていこうというのが、江戸時代の俳人から現在の俳句作者に到る課題なのである。

その短歌も、無限の表現力を持っているわけではなく、三十一字という制限がある。これは、俳句の倍近くの長さを持っているとは言え、盛り込める言葉の数はたかが知れている。この枠の中でどのように大きな表現力を持ち得るかということは、歴代の歌人たちが向かい合わねばならぬ大きな問題であった。

その短歌が、表現力を大きくするためにどのような試みをしたかは、俳句の表現力を考える我々にとっても興味ある課題である。しかし、いま、短歌史のすべてにわたって論ずることは出来ないので、俳句と関係ありそうなところだけを取り出す形で考えてみたい。そして、短歌の表現技術が最高度に到達し、発揮されたのは『新古今和歌集』における試みだと思われるので、その『新古今和歌集』の試みをもとに俳句の表現方法を考えてみたい。

『古今和歌集』など

短歌も、もともとはそれほど技巧を凝らしたものではない。言いたいことが上手く五七五七七のリズムに乗れば良かったのだ。『古今和歌集』の仮名序には歌の父母として次の二首を挙げている。

難波津に咲くやこの花冬籠り今は春べと咲くやこの花
安積山影さへ見ゆる山の井の浅き心をわが思はなくに

「難波津」の歌は、春になって花（この場合は梅）が盛りと咲いているということだし、「安積山」の歌は、自分の心は浅くないと言っているのだ。いずれも言わんとしていることは単純である。もちろん、ここから表現内容を広げて受け取ることは出来る。「難波津」の歌は泰平の世が感じられるし、「安積山」の歌は水の清らかさから自分の心の清らかさを受け取ることが出来る。ただ、これは読み手の気持の広がりであり、歌そのものが言っていることは単純なものなのだ。

「安積山」の歌は『万葉集』の巻十六に載っているのだが、「難波津」の歌はどこにも載っていない。『古今和歌集』の序に紹介されているだけである。もっとも法隆寺などの古代建築を修理する際、落書きのようにこの歌が書かれてあるのが発見されるから、古くから知られた歌のようだ。この二首の歌は仮名の書き方を習うときに用いられるもので、誰もが知っている歌なのである。

我が国最古の歌集である『万葉集』も、言葉遊び的な面白さを狙ったものもあることはあるが、一般的には素朴、雄勁などと言われている通り、無技巧な率直さを持った歌が多い。

石《いは》ばしる垂水《たるみ》の上のさ蕨《わらび》の萌えいづる春になりにけるかも　志貴皇子（万葉集）

これは『万葉集』の中でも屈指の名歌とされているものだ。端的に言えば春が来たということを言っているだけなのだが、激しい水の動き、蕨の萌えたつ新芽などを描き出しているから、生命力のあふれた春の光景が浮かび上がる。

これが『古今和歌集』になるともう少し技巧が加わる。

袖ひぢて結びし水の凍れるを春立つ今日の風や解くらん　紀貫之（古今和歌集）

春になった今日の風で氷が溶けるだろうという意だが、夏に袖を濡らして手に掬った水が冬になって凍り、それが今日の春の風に溶けるだろうというように、季節の経過の上での春の到来を述べている。「結ぶ」と「解く」という縁のある語を対比させている技巧もある。

ただし、『古今和歌集』を技巧面のみから判断するのは誤りである。『古今和歌集』は『万葉集』に入っていない古い歌を収録しようと努めており、また、「みちのくうた」「ひたちうた」など地方に残る歌も集めてあって、作者の分からない歌は集全体の四割を超える。

そして、『古今和歌集』には理路整然とした率直な歌も多い。

秋来ぬと目にはさやかに見えねども風の音にぞ驚かれぬる　藤原敏行（古今和歌集）

月見ればちぢにものこそかなしけれ我が身一つの秋にはあらねど　大江千里（古今和歌集）

これらの歌は人々によく知られているものであり、特に註釈は必要としない。このように言わんとすることがうまく三十一字の中に入れれば、短歌というのは命を持つのだ。これで良いのだが、もう少し言わんとすることを盛り込みたいという試みも当然なされるわけで、それもまた種々あるが、一例を挙げれば次のような試みだろう。

契りきなかたみに袖をしぼりつつ末の松山浪こさじとは　清原元輔（後拾遺和歌集）

『後拾遺和歌集』は『古今和歌集』から百七十年後の勅撰集である。この歌は、お互いに泣きながら末の松山を波が越えないと誓い合ってきたという意だが、これだけでは何のことか分からない。末の松山を波が越えるかどうかで何故泣かなければならないのだろう。しかし、この歌は、『古今和歌集』の歌を思い起こせばすぐ分かる。『古今和歌集』はそれ以後の歌人達にとって歌のお手本であり、『古今和歌集』を知らない平安時代の歌人などは存在しないのだ。

君をおきてあだし心をわが持たば末の松山浪もこえなむ　（古今和歌集／東歌）

これは「みちのくうた」の中の一つで、おそらく陸奥の人たちの中の無名の人が歌い、それが引き継がれたものだろう。意味は非常に分かりやすい。あなたを差し置いて浮気心を私が持ったならば末の松山を波が越えるでしょうよというのだ。つまり、末の松山を波が越えることがないように、私のあなたに対する愛の気持は変わらないということである。

この歌を踏まえて元輔の歌を考えれば、失恋の歌であることがすぐ分かる。お互いに愛が変わらないと涙まで流して誓い合ってきたではありませんかという意味だ。

つまり、誰もが知っている歌を背景にして自分の歌を作れば、その両者が響き合って表現の範囲が広がるのだ。

短歌は三十一字という制約があるため、その制約内で表現範囲を広げようとする試みは『古今和歌集』以後の歌集にさまざま見受けられる。それらが順に発展して『新古今和歌集』の試みにまでなるのだが、いま述べているのは短歌史ではないので、このくらいで次に進み、『新古今和歌集』の試みについて考えてみたい。

『新古今和歌集』の試み

『古今和歌集』の後の勅撰集は『後撰和歌集』『拾遺和歌集』『後拾遺和歌集』というように、『古今和歌集』の跡を継いでいるということがはっきり分かる題名が付いている。もっとも、この後の勅撰集は『金葉和歌集』『詞花和歌集』『千載和歌集』というように、題名の上からは『古今和歌集』の跡を継ぐという意味は感じられないが、やはり『古今和歌集』が仰ぐべき存在であることは変わりない。もちろん、それぞれに工夫や発展の跡があるのだが、『新古今和歌集』に至って題名の上からもはっきりとした意図が読み取れる。つまり、『古今和歌集』が長い間にわたって歌の規範と仰がれてきた事実を考えると、『古今和歌集』から三百年後に作られた『新古今和歌集』という題名は、『古今和歌集』に代わって新しい規範を作るという意味に読み取れる。それが「新」という字の使用である。

もっとも『新古今和歌集』は、万葉時代から新古今時代までの秀歌を集めてあるので、全体としての統一性があるわけではない。いまここで『新古今和歌集』の特色というのは、『新古今和歌集』が編纂された時代の作者による歌風という意味である。

私には、この新古今調において、歌の表現力を広げる試みが究極に達したように思われる。

事実、この後、江戸時代になっても歌を作れば、賀茂真淵は万葉調、小澤蘆庵は古今調、本居宣長は新古今調というように作品はこの三つに絞られてしまう。ときには玉葉・風雅（玉葉和歌集・風雅和歌集の傾向）などが歌の傾向として言われることもあるが、後世に一つの確固たる歌風として伝わるほど一般的なものではない。やはり、歌の表現技術は『新古今和歌集』で頂点に達し、それ以後はさしたる発展はないと言って差し支えあるまい。

もちろん現代短歌はまた新しい試みを行なっているが、それについては私は不案内であるし、近現代の短歌は俳句が成立し、成長してから後のものであるので、今は考えなくても良いだろうと思う。

このようにして、古典短歌を考えてくると、どうしても『新古今和歌集』が表現力を追求した極致のように思われる。

『新古今和歌集』の特色としてよく挙げられるのは、本歌取り、三句切れ、体言止めである。これらの技法は新古今以前からなかったわけではないが、もっとも効果的に使っているのは新古今時代ということができよう。しかも、私にとって興味深いのは、この新古今の使った手法が俳句の表現法を想起させるということである。もちろん、新古今からいきなり俳句が生まれたわけではない。ただ、歌の表現方法の究極である新古今調と、俳句の表現法との間に共通点が見られるということは、俳句という文芸も究極の表現法を持っているのではないかと思われ、それが俳句の表現世界を考える上で役立つのではないかということなのである。

本歌取り

歌は三十一字という制限を持っているので、これだけでは表現内容があまり大きくない。そこで、自己の三十一字を示すときに誰もが知っている昔の歌を想起させ、その二つの歌の響き合いから、一つの歌では示せない大きな世界を表現しようとする。それが本歌取りだ。

うちしめりあやめぞかをる時鳥鳴くや五月の雨の夕暮　藤原良経

新古今時代の代表的な歌人である藤原良経のこの歌は、『古今和歌集』の「ほととぎす鳴くや五月のあやめ草あやめも知らぬ恋もするかな」というよみ人しらずの歌を本歌としている。「あやめ」とは「文目」と書き、織物の織り目や模様のことで、「あやめも知らぬ」とは分別が付かないという意味だ。つまり、このよみ人しらずの歌は、「ほととぎす鳴くや五月のあやめ草」という序詞の菖蒲《あやめ》から文目《あやめ》という言葉を導き出し、いま私は分別を失うような恋をしていると言っているのだ。

良経の歌は、まず本歌にあるあやめ（菖蒲）を出し、本歌の「ほととぎす鳴くや五月の」をそのまま使っている。こうなれば誰でも本歌を思い浮かべるわけで、分別の付かないような恋に陥っているという状態が浮かび上がる。良経の歌が直接に言っていることは、時鳥の鳴く五月の雨の夕暮というだけだが、ここに本歌の恋に沈む気分が加わると、良経の歌にも、分別の付かないような恋に沈んでいる我が身が浮かび上がってくる。こうして良経の歌は三十一字を超えた表現内容を示すことが出来たのである。

もう一つだけ例を挙げる。

駒とめて袖うちはらふかげもなし佐野のわたりの雪の夕暮　藤原定家

これは、『万葉集』の長忌寸奥麻呂《ながのいみきおきまろ》の「苦しくも降り来る雨か三輪の崎佐野の渡りに家もあらなくに」を本歌としている。これによって、「苦しくも降り来る」という状況と、佐野の渡りに家がまったくないという事実が重ね合わされ、定家の歌に広がりが生じるのだ。

つまり、本歌によってある種の雰囲気を読者に植え付け、その上に自歌を重ね合わせることによって、奥行きのある表現世界が示されるのだ。

俳句においてもこうした重ね合わせの効果はよく用いられる。俳句の場合、本歌にあたるものは主として季題である。季の詞は昔からの長い使用によって種々の思い入れが積み重なっている。その思い入れを背後に響かせて、そこへ自分の気持や行動を重ね合わせるのだ。

季の詞として代表的なものの一つである「時雨」を例にとってみよう。時雨は時に降る雨だから、必ずしも季節は定まっていなかったのだが、『後撰和歌集』のよみ人知らずの歌「神無月降りみ降らずみ定めなき時雨ぞ冬の初めなりける」によって、冬の季に定まる。そして『新古今和歌集』の二条院讃岐の歌「世にふるは苦しきものを槙の屋に易くも過ぐる初時雨かな」によって、この世に経《ふ》るのは苦しいけれども時雨は簡単に降《ふ》るという感慨が備わる。

　室町時代における宗祇の連歌作品「世にふるも更に時雨のやどり哉」は、こうした味わいを背後に置いて理解しなければならない。この句は、この世を過ごすのは苦しいものだが、この世はあの世に行くまでの仮の雨宿りのようなものなのだ、という意味である。古人が意を込めてきた「時雨」の意を響かせて、これを十七文字の中に活用するのだ。

　そして、これは俳句の世界に入っても同様である。

　世にふるも更に宗祇のやどり哉　芭蕉

　旅人と我が名呼ばれん初時雨　同

　芭蕉の「世にふるも」の句は、時雨という言葉が入っていないが、有名な宗祇の句を誰もが思い浮かべるから、当然背後に時雨がある。苦しいこの世を宗祇に倣って過ごそうという意が浮かび上がる。

　「旅人」の句は、この過ごすのが苦しい世というのを背後に響かせて、旅による喜びを詠んでいる。

　このように季題を入れることによって、俳句の場合は句全体にその雰囲気が広がり、表現に奥行きが生じる。「旅人と我が名呼ばれん」という、厳しいような浮かれたような気持に添えられるものはなぜ「時雨」なのかということを考えたとき、短歌における本歌の如く「時雨」が大きく働いていることが分かるだろう。

こうした重ね合わせの効果はいろいろな場で用いられる。

月十四日今宵三十九の童部《わらべ》　芭蕉

この句の場合、「月十四日」と「今宵三十九の童部《わらべ》」とは直接の関係はない。ただ、日本人が長い間にわたって十五日の月を完成されたものとして尊んできた長い歴史を考えれば、十四日の月は未完成で、自分が三十九歳になってもまだ完成しない子供に過ぎないという感慨はすぐに理解できよう。

俳句では、短歌の本歌取りのように古歌を直接の背景に使うことはまずないのだが、それに代わるものとして、人々の長い感情の歴史を、自分の表現したいものの背景に使うのだ。

このような重ね合わせの効果は、現在、俳句を作っている人にとっては当然のことで、何を今さらということになるだろうが、いまここで言いたいのは、長い短歌の歴史の中で作り出されたことを、俳句は初めから機能として持っているということなのである。つまり、俳句が高度の表現技術を持っているということなのだ。

体言止めと三句切れ

『新古今和歌集』で試みられた技法は、本歌取りの他に体言止めと三句切れがある。

体言止めも三句切れも、そしていま述べきたった本歌取りも、新古今以前にあることはあったのだが、それをもっとも効果的に表現技術の上に発揮させたのは『新古今和歌集』だと言えるのだ。先に挙げた良経の歌や定家の歌にも体言止めや三句切れが見られるのだが、あらためてその実例を別に挙げてみよう。

見渡せば山もと霞む水無瀬川夕は秋となに思ひけむ　後鳥羽院
春の夜の夢の浮橋と絶して峰にわかるゝ横雲の空　藤原定家
見渡せば花も紅葉もなかりけり浦の苫屋の秋の夕暮　同
明けばまた越ゆべき山の峰なれや空ゆく月の末の白雲　藤原家隆

これらのうち、最初に挙げた後鳥羽院の歌は、体言止めではないが、三句切れを典型的に示している。「見渡せば山もと霞む水無瀬川」というように、目の前に展開する水無瀬川の情景を示したのち、それがどうであるかというような意味的な延長を断ち切っている。そして、夕というのは秋がいちばん良いと言う人がいるが、どうしてそんなことを思うのだろうと、自分の心にふと湧いた思いを述べている。清少納言が「秋は夕暮れ」(枕草子)と言ったことなどを思い浮かべているのだろう。

この歌は上の句で目の前の春景色を大きく捉えて、それ以上の説明を加えていない。あとはここから、読者がその素晴らしい情景を思い浮かべていくのだ。「夕は秋となに思ひけむ」という下の句は、そういう読者と同じ立場になって、思いを広げているのだ。

これは、ずっと後で生まれる俳句に非常によく似ている。あるがままの情景を読者の前に示し、それに上塗りするような説明をしないでおく。強いて加えるとすれば、読者の頭に生じたイメージを育成するものであって、直接的な補足説明ではない。俳句の持っているこうした手法は、わずか十七文字でありながら大きな表現力を持つが、それは『新古今和歌集』が獲得した表現技術であったのだ。

そして、体言止めも俳句でよく用いられる。名詞で止めておいてその後の説明をしないことにより、かえって読者の心には余韻が広がり、説明以上のものが生じるのだ。

こうした効果は『新古今和歌集』でしばしば試みられているところであり、いま話題としている「見渡せば山もと霞む水無瀬川夕は秋となに思ひけむ」という歌の場合で言うと、下の句は体言止めではないが、上の句「見渡せば山もと霞む水無瀬川」は体言止めであって、これ以上の説明をせず、余韻が広がる。この余韻の広がり方は後の俳句の先蹤と言ってよいだろう。

『新古今和歌集』の他の三句切れと体言止めを見てみよう。

「春の夜の夢の浮橋と絶して峰にわかる、横雲の空」という藤原定家の歌の場合は、春の夜の夢が突然途絶えたとまず上の句で言う。春の夜ふっと目が覚めたのだろうが、それを夢の浮き橋が途絶えたと表現している。「夢の浮橋」とは『源氏物語』の最終巻の名である。単に「夢」とは言わず「夢の浮橋」ということによって、『源氏物語』の持っている艶なる雰囲気が浮かび上がる。しかも春の夢であるからいっそう艶である。

さて、それを下の句の「峰にわかる、横雲の空」と重ね合わせるとどうだろう。下の句は単純な外の光景だが、既に上の句で生じている艶なる雰囲気と重ね合わせると、何でもない横雲にその雰囲気が重なる。つまり、この横雲には、あたかも女のところから別れを惜しみつつ去って行く貴公子のような気分が生じる。つまり後朝《きぬぎぬ》の別れのような艶めかしさが生じるのだ。

おそらく藤原定家の体験は、山から雲が離れていくところを見たということだけだろうが、そこで感じ取ったものには、口では表現できないある種の雰囲気があったのだろう。そこで定家は『源氏物語』の艶なる雰囲気を読者に想起させ、それを実景と重ね合わせることで、言葉で表現できない情景を読者の心に浮かび上がらせたのだ。

これも、本歌取りのごとく二つのものが重ね合わさっているのだが、その二つのものを作り出しているものは三句切れである。離れた二つのものを重ね合わせて大きな表現力を獲得するのだ。

こうした表現手法も俳句ではよく用いられるところである。

この秋は何で年寄る雲に鳥　芭蕉

この句の場合は、「この秋は何で年寄る」という感慨と、「雲に鳥」という景物とを取り合わせているのだ。「この秋は何で年寄る」というのは誰でも普通に持つ感慨である。だから、これだけでは文学でも何でもない。ところが、芭蕉はこれに「雲に鳥」という事柄を重ね合わせ、そこから生じる雰囲気を平凡な感慨と重ね合わせたのだ。雲間に鳥の姿が消えていくというところから生じる寂寥感、孤独感、空虚感を重ねれば、「この秋は何で年寄る」という感慨が実感を持って読者の胸に響くことになる。

幾何学的に円を描く場合を考えてみると分かるように、一つの点を中心に円を描くより、二つの点を元にして楕円を描く方が、面積が大きくなる。俳句の取り合わせもこれとよく似ている。一見無関係なものを句の中で重ね合わせることは、俳句では極めて一般的に行なわれているのだが、これを短歌の到達した表現法と重ね合わせてみると、俳句は、短歌が永年にわたって試み、到達した技法を初めから身につけているということが言える。俳句がわずか十七文字で大きな表現を持ち得るのは、文学表現の極致に達しているからと言うことが出来る。

もう少し『新古今和歌集』の話題を続ける。

藤原定家の「見渡せば花も紅葉もなかりけり浦の苫屋の秋の夕暮」にしても、藤原家隆の「明けばまた越ゆべき山の峰なれや空ゆく月の末の白雲」にしても、上の句と下の句がはっきりと切れた三句切れになっているし、ぽつんと名詞で止めて余韻を残す体言止めになっている。

定家の歌の場合で言うと、彼が見た実景は「浦の苫屋の秋の夕暮」だけである。あとはないものを述べている。ないものをいくら重ねても零は零だという数学的な思考は、文学の場合通用しない。上の句は「見渡せば花も紅葉もなかりけり」と言いつつ、「花」「紅葉」という言葉を読者の頭の中に入れてしまっているのだ。目の前の実景としては桜の花や紅葉の木はないが、読者の頭の中はこの美しい言葉ですでに染められている。そこへ「浦の苫屋の秋の夕暮」が出てくると、この光景にはなんとも言えない美しい雰囲気が加わる。

定家は一つの風景に、言葉では表現できない或る種の雰囲気を加えたかったのだ。しかし、それは直接の説明では不可能だから、重ね合わせの効果を使ったのだ。読者の頭の中に「花」「紅葉」という言葉を想起させ、それに実景を重ね合わせて、言葉では言えぬ雰囲気を持つ情景を浮かび上がらせたのだ。

家隆の歌にしても、「空ゆく月の末の白雲」によって生じる遙か彼方への心細い感じと、「明けばまた越ゆべき山の峰なれや」という実際の状況とを重ね合わせているのである。

こうした手法は俳句でも常に用いられる。

夏　草　や　兵　ど　も　が　夢　の　跡　　　芭蕉

この「夏草」の持つイメージが「兵どもが夢の跡」を強く彩っているのだ。夏草は名もない存在でありながら、草いきれを生じさせるような強い生命力を感じさせる。しかも、その繁茂ぶりは秩序のない乱雑なものだ。そして、秋になるとはかなく枯れていく。こうしたイメージを兵どもの上に投影すると、名もなく秩序もなく血と汗にまみれ、強い生命力を持ち、そしてはかなく滅びてゆく兵どもが実感的に浮かび上がる。つまり、この句の「夏草や」と「兵どもが夢の跡」は、短歌で言う三句切れと同じ機能を発揮しているのだ。

おわりに

短歌が五七五七七という制約の中で、可能な限り表現力を広げようとする試みは、数百年にわたっている。その数百年の努力の結果が『新古今和歌集』における表現技巧の数々だと思われるのだが、その新古今調と言われる技法が、俳句の十七文字の中にうまく活かした形で取り入れられているのは興味深い。

『新古今和歌集』のころから連歌がだんだんと盛んになり、鎌倉時代から室町時代へかけて、貴族ばかりではなく庶民までも連歌に熱中するようになる。連歌の准勅撰集が作られるのもこの時代であり、連歌の発句の五七五が単独で鑑賞されるようにもなる。これはもう、現在言うところの俳句の概念に含まれてしまうようなものだが、さらに和歌連歌の法則を外した俗な俳諧が生じると、その発句が江戸時代にもてはやされ、今日の俳句に繋がっていく。

こうしてみると、俳句は『新古今和歌集』からの流れの末にあるとも言えるのだが、俳諧と呼ばれるものには、その中途段階で極めて下品なものや面白さだけを狙ったものもあるので、流れは途切れているとも言える。軽々しく『新古今和歌集』から俳句へという繋がりを言うことは出来ないのだ。

つまり、『新古今和歌集』と俳句の関係は簡単には結論できないのだが、表現技術という点からいうと通じるものがある。俳句がわずか十七文字という短い文芸形態であるにもかかわらず、大きな表現世界を作り出すことが出来るのは、短歌が苦労して獲得した言語芸術の究極の表現技術と同じものを俳句が持っているからだ、ということが言えよう。

（現代俳句協会全国大会・名古屋大会（二〇一四年十月二十五日）にての講演を元にしての新稿）

江戸時代の文芸の新しさ――その一

江戸時代の文芸は画期的に新しい

江戸時代の諸文芸は実にさまざまな試みをしている。これらの試みの大部分は、それ以前の長い日本文学の歴史の流れからみると画期的なことなのだが、二十一世紀ともなった現在から見ると当たり前のことに見えてしまうことが多い。

たとえば、西鶴の小説について、人間の姿を本能的な深みまで赤裸々に描いていると言ったとする。ところが、リアリズムの文学が発達し、多くの成果を上げてきた現在からすると、小説である以上人間の姿を赤裸々に描くことは当たり前の話だということになってしまい、何の新鮮さも生じない。

また、芭蕉の俳句は、「蚤」や「虱」さらには「馬の尿」まで素材にすると言っても、現在では雅やかであるはずの短歌においてさえ卑俗な素材を使うのが普通であるから、特に芭蕉の句が新鮮であるという印象は生じない。

このように現在から見て新鮮に感じられないことが多いということは、江戸時代の諸文芸においても、現在に通じる多くのことがすでに成立してしまっているということを示しているのである。つまり、江戸時代の文芸が、それ以前の文芸に比べて、いかに新しさを確立していたかということになるのだが、我々はややともすると、現在からは大きく異なっている奈良時代、平安時代の文学の方に珍しさを含めた新鮮味を感じることが多い。

そこで、今日から見れば当たり前に過ぎることをこの機会に整理してみたい。そこから日本文学の歴史の上での江戸時代文芸の意義が少しでも見出せればと思う。

なお、この論では、西鶴の小説、芭蕉の俳句という言い方をすることにする。西鶴は自作を小説と呼んだりしないし、芭蕉の場合も発句というのが正しいだろう。ただ、今日、小説とか俳句とかと広く呼んでいる文芸ジャンルに西鶴や芭蕉の作品はそれぞれ含まれるので、今日的な呼び方をしておくのである。

芭蕉俳句の新しさ

芭蕉の俳句は、現在の俳句の世界では古典中の古典ということになっている。したがって、古臭いものの代表であるかのような感じである。

復本一郎氏の『日野草城　俳句を変えた男』には、草城の「ミヤコ・ホテル」についての評言が多く引用されているが、いまその中から村上文彦氏の言を借用させて貰うと（同書一四三ページ）、次のようにある。

私がはじめて俳句を作つてみようかといふ気持になつたのは草城先生の「ミヤコホテル」一連の句を友人に見せられた時でした。俳句といへば芭蕉の古池の句ぐらいしか知らなかつた私にとつてこの句は実に驚きの他何ものもありませんでした。俳句がこの様に新しく詠はれているとは夢にも思つておりませんでした。

いま私は草城を論じようとしているわけでもないし、村上氏の言を論評しようとしているわけでもない。単なる一つの例として、芭蕉の俳句がこのように古いものの代表として用いられることがよくある、ということを言いたいだけである。だから他の人の言でもまったく差し支えないのだが、ともかく、このように俳句においては新しいものの対極に芭蕉の俳句が置かれていることが多いのである。

しかしながら、この文章で触れられている「古池」の句にしても、それ以前の日本文学の歴史の流れを考えてきて接した場合、きわめて新鮮であると言えるのだ。

古池や蛙飛び込む水の音　　芭蕉

「古池」の句については、すでに拙著『俳句の基本とその応用』（角川学芸出版刊）や『なぜ芭蕉は至高の俳人なのか』（祥伝社刊）で論じてきているので繰り返しになる。しかし、ここに引いた村上氏の言で触れられていることでもあり、江戸時代文学の新鮮さを示すためにはちょうど良い例であるので、今までの私の論の要点を取り出すようにしてもう一度ここで述べてみる。

この「古池」の句の新しさとしては、まず、「蛙」の扱いが日本文学の伝統とは異なることが指摘できる。もともと蛙という生物は『古今和歌集』の仮名序で、「花に鳴く鶯、水に棲む蛙《かはづ》の声を聞けば、生きとし生ける物、いづれか歌を詠まざりける」と言われているように、歌をうたう生き物の代表なのである。したがって、和歌文学などの正統的な日本文学では、蛙といえば必ずその鳴き声が愛でられ詠まれてきた。

ところが、芭蕉は蛙を出しながら鳴き声には触れていない。そして、その鳴き声に代わる音として「飛び込む水の音」を出しているのだ。ここには、風雅な蛙の声を敢えて捨てて、「飛び込む」動作と、そこから生じる「水の音」を句の素材としている新鮮さがある。蛙の声は伝統的な雅の世界のものである。それに対して、蛙の動作や姿、ならびにそこから生じる水の音は美的とは言いかねるもので、雅なるものではない。つまり芭蕉は日本文学の伝統的な雅の世界を捨てて、卑俗な世界の中に文学性を見出したのである。

次に「古池《ふる》」であるが、これを単純に「古い池」と受け取ってはならない。千年前に作られた池であっても、立派な庭園の中でいまだに池として生きている場合には古池とは言わないからである。「古井戸《ふる》」という例を参考としてみると分かりやすいかも知れない。たとえ何千年前に作られた井戸であっても、現在も渾々と水を湧きだして、人々の生活を支えている井戸であったら古井戸とは言わない。それに対して、そんなに古くなくても、いまでは誰からも顧みられなくなった井戸だと、古井戸と呼ばれる。

古池というのは、このように人々から忘れ去られた池であるから、「古池や」という上五に接すれば、人々から完全に忘れ去られた無価値なものという点が強く想起されるのである。当然、こういう池はあらゆる生物たちから見捨てられた死の世界のはずである。音も動きもないはずだ。

ところが、ここに「蛙飛び込む水の音」があるのだ。捨て去られた世界でありながら、死の世界ではなく、そこにはそれなりの生の営みがあり、動きや音がある。この時点で、この忘れ去られた世界が急に生きたものになる。虫もいるだろう、魚もいるだろう、それを狙う鳥や蛇もいるだろう、風の音や生物の音もするだろうということで、この情景に生命や動きや音が加わるのだ。しかも、いくら生きた世界であっても、これがあくまでも忘れ去られた世界であるということから、侘び、寂びと呼ばれる雰囲気に満たされるのである。ここに、従来の和歌的世界では描かれることのなかった、優雅とはまったく異なる世界が生まれたのである。
侘び、寂びというのは完全なる死の世界ではない。生きている現実世界の中に生じる雰囲気を指すのだ。芭蕉の〈古池や蛙飛び込む水の音〉という句は、古池という死の世界になりかねないものへ蛙を飛び込ませることによってそこへ生命を吹き込み、顧みられないはずのものを生きた世界にしたのである。生きた世界だからこそ侘び、寂びが生じたのだ。

伝統にこだわらない芭蕉の俳句

芭蕉の俳句で、もう一つこれに似た例を出してみよう。

鶯や餅に糞する縁の先　　芭蕉

この鶯もまた日本文学の伝統に反している。先にも引用したが、『古今和歌集』の仮名序には、「花に鳴く鶯、水に棲む蛙《かはづ》の声を聞けば、生きとし生ける物、いづれか歌を詠まざりける」とあって、蛙とともに鶯は歌を詠む生物の代表である。ところが芭蕉はその鶯の声は詠まずに、糞をする鶯を句に詠んだのだ。縁に餅が干してあり、そこへ鶯が糞をしていくというのはきわめて庶民的な非文学的な風景である。こうして芭蕉は身近な卑俗性の中に文学の素材となる美を見出していったのである。

よく見れば薺花咲く垣根かな　芭蕉

芭蕉にはこういう句もある。薺などという誰も顧みない雑草がそれなりの生の営みをして、小さな花を付けているのを見つけた喜びを詠んだ句である。しかも、それが咲いているのが垣根というもっとも身近な生活空間である。こうした身の回りの取るに足らない物に美を見出して文学の素材とするのは、和歌、連歌などの雅やかな伝統に反する行為であり、芭蕉の句の新鮮さということになる。

『野ざらし紀行』の旅の途上、伊勢の西行谷で芭蕉は芋を洗う女たちを見た。

芋洗ふ女西行ならば歌詠まむ　芭蕉

芋というような下品な食い物とか、それを洗っている下賤な女とかは、従来、和歌的な世界に扱われることはなかった。それを、芭蕉は、自分の尊敬する西行ならばこういう物まで歌の素材にするだろうと言ったのである。ここに芭蕉の西行に対する強いあこがれと信頼があるのだが、それと同時に、西行が歌に詠むのと同様に自分だってこういう素材を句に作るという確固とした意志表示がある。げんに芭蕉は「芋洗ふ女」をこうして自句に詠んでいるのである。芭蕉が意識的に、卑俗なところにまで文学の素材を広げようとした態度が窺われる。

もちろん、こうした卑俗的な素材を句の世界に取り込むことは、芭蕉以前の貞門派や談林派がすでに行なってきたことである。さらに遡れば、室町時代末期の『犬筑波集』などにも卑俗な素材は見出せる。つまり、戦国時代から江戸時代へかけて、かつての大宮人たちが作り上げた和歌や連歌の優雅な美しい伝統的なものを大胆に破壊する行為がなされてきたのだ。

ただ、こうした破壊を、単なる破壊のための破壊に留めず、そこから優れた文芸を生み出していったのが江戸時代人の素晴らしいところである。貞門派や談林派の句には、単なる言葉遊びの面白さや珍奇な素材を使う面白さに過ぎないものが多くあるが、その一方では、卑俗でありながら優れた文学性を有する作品もまた多く見出せる。彼らは破壊だけでなく、ちゃんと新しいものを生み出しているのだ。

そうした中から高度の完成度をもって作品化を行なったのが芭蕉である。それ故、いま芭蕉を代表例として挙げているのである。古いものの代表のように芭蕉の「古池」の句が言われることが多いのだが、実はこういう句が作り出されるというのは非常に新しいことなのだ。芭蕉に代表される江戸時代人の作り出した俳句は、このように新しいものだったのである。

物語的な女の描き方

　小説に目を転じてみよう。芭蕉と同じ時代に小説の分野で画期的な試みを行なったのが井原西鶴である。西鶴にも新しい面は多々あるのだが、特に目立つのは女性の描き方で、西鶴は生身の女を生き生きと描いてみせたのである。

　この「生身の女を生き生きと描いてみせた」という言い方も、小説についての言葉としては、現在から見ると当たり前すぎる話で少しの新鮮味もない。しかし、西鶴以前の物語世界では、女というものはおぼろな優雅なものとして描かれるものだったのである。決して生々しい姿を描いたりはしなかったものなのである。

　室町時代から江戸時代初頭にかけて作られた御伽草子の女の描き方を見てみよう。ここで御伽草子を例にするのは、江戸時代から見てその直前のものという理由もあるのだが、もっと大きな理由は、御伽草子がこの当時の人に対して、物語とはこういうものという典型を示しているからである。

　室町時代になると、物語を作る側も平安時代のような人材はいなくなるし、物語を読む側も教養の程度が著しく低下する。もともと物語は女のために作られたものなのだが、戦国時代になると女の立場は極端に弱くなり、教養というものがほとんど配慮されなくなる。そのため、『源氏物語』のような長大で難しいものはもはや当時の女たちには無理で、もっと簡単な形で女たちに物語を味わわせ、女としての生き方を啓蒙する簡便なものが生まれてくるのであって、それが御伽草子なのである。

したがって御伽草子は、物語とはこういうもの、女の生き方というのはこういうものというように、類型化されている。つまり御伽草子を見れば、江戸時代直前の人たちの物語という概念やその描き方の典型を知ることができるのである。

そういう御伽草子の中で、比較的積極的な女の出てくる作品に『木幡狐』というのがある。これは「きしゆ御前」という狐の姫君の話だが、「いかならん殿上人か、関白殿下の北の方ともいはれなん」という望みを持っているので、御伽草子によくある女の出世物語の一つと考えることができる。つまり、「きしゆ御前」の姿から、狐ではなく、普通の人間の女の姿を見出しても一向に差し支えないのであって、典型的なお姫様の姿がここに描かれているのである。

この「きしゆ御前」が、三条大納言殿の御子である三位中将の姿を見て恋をする。そして、十二単の衣服、袴を着て、美しく化け、三位中将の目に留まるようにする。ここまでは女の行動に積極性が感じられるのだが、ここから先、「きしゆ御前」に目を留め、語りかけ、屋敷に連れて行くのは、一方的に中将の行為であって、「きしゆ御前」の意志は全くない。そして、中将がさまざまかき口説くのに対して、「きしゆ御前」は「もとより姫は、たくみたることなれば、うれしさ限りなし。さりながら、いとはづかしげなる風情して、うちなびくけしきもなくて居給ひけり」ということになる。これが物語に描かれる女の典型的な姿である。この後、二人は夫婦となり、子供をもうけるところまで行くのだが、それはすべて夫たる中将の導きによるのだ。

同じ御伽草子の『鉢かづき』であっても、家を追い出され、屋敷に拾われという過程で、女は常に周囲に流されるだけなのである。屋敷の御曹子に見初められ、契りを交わしても、鉢かづき姫は、「その時のいとどはづかしさは、やるかたもなし」というように描かれ、自分が鉢をかぶった姿であることを思って「あるにかひなき有様にて、見えぬることのはづかしさよと、かきくらし泣き給ふ」という態度を続けるのである。この後、鉢かづき姫を決して見放さぬ御曹子に導かれて、嫁比べの場で、鉢の落ちた美しい顔を見せて、御曹子の妻として認められるのだが、そこに至る過程においても女の姿勢は常に受動的であって、現状打開の努力というものはない。せいぜい、世をはかなんで我が身を捨てようとするのが、消極的ながら自分なりの態度といえる程度である。

これは、この時代の女が実際にこうだったということを示すものではない。物語の中に肯定的に描かれる女はこうでなければならなかった、という物語上のルールなのである。現実には、政治的に大きな役割を果たした北条政子や日野富子もいたし、恋の場で女の強さを発揮した小野小町や和泉式部もいた。一般庶民の生活の場でも、嬶天下というように男より強い女はいくらでもいただろう。ただ、女の典型的な姿を物語に肯定的に描くときは、「きしゆ御前」や鉢かづき姫のようになるというのが、文学上の約束事であったのだ。

西鶴はなぜ遊女を描いたか

西鶴はこうした文学上の伝統に従おうとはしなかった。自分の目の前の女たちが生き生きと自分の意志を持って行動しているのを肯定的にせよ、否定的にせよ、そのままに描いたのである。これは従来の物語の常識からすれば伝統の破壊であった。

西鶴は、最初の段階では遊女を通して女の姿を描いた。『好色一代男』の巻五以降の後半部がそれである。遊女、特にその最高位である太夫は、見目かたち物腰はもちろん、教養、機転、美的センスなど、どの点を取っても、男に引けを取らないものを持っていたから、女の能動的な姿を描くには絶好の対象だったのである。

江戸時代においては、女はどうしても教養などを身につける機会に恵まれず、男に劣ることが多かった。しかも、女は男に従うべきものという一般常識があったから、男と対等に張り合う女を描くと、それは否定的な女の姿となってしまうのだ。自分なりの生き方をする強い女性を肯定的に描くことは難しかったのである。

しかし、遊郭における太夫は違う。もともと、どのような教養、趣味を持つ客が来ようと、ちゃんとその相手ができるように養成された存在であるから、男と対等に渡り合っても不自然ではない。しかも、その存在は男たちのあこがれの的であったから、男より優位に立っても決して否定的な女にはならないのだ。

『好色一代男』の前半では、世之介の相手は地女（普通の素人の女）である。したがって、主人公たる立場は世之介が保持するし、女に対する働きかけも世之介の方からする。たまには世之介を薪でぶん殴る女も登場するが（「女はおもはくの外」）、これは両夫にまみえずということで貞操を守るために女のしたことだから、男社会の論理に縛られての行為とも言えるわけで、女自身の欲求によるものではない。

ところが、『好色一代男』の後半に登場する遊女となると、たとえそれが世の常識に反していても、自分の欲するところに従い自分の意志で行動する。「後は様つけて呼ぶ」の吉野などはその代表格であるが、自分に思いをかけている小刀鍛冶の弟子を招き入れ、思いを遂げさせてやる。揚屋から「これはあまりなる御仕方」と非難される行為ではあるが、あえて行なうのである。

その吉野は、世之介の妻となった後、親類縁者の女性たちの心を得るために、「琴弾き、歌をよみ、茶はしをらしくたてなし、花を生換《いけ》へ、土圭《とけい》を仕懸なほし、娘子《むすめご》達の髪をなで付け、碁のお相手になり、笙を吹き、無常咄、内証事、よろず人さまの気をとる」といった大活躍をする。

この章では、もはや世之介の姿は霞んでしまい、吉野の素晴らしさだけが語られることになるのだが、これはまさしく女を正面から描いたと言えるものである。そして、これほどの能力を当時の普通の女が持っていることにしたら、きわめて不自然だろう。しかし、遊女ならあり得るのだ。自分の意志で行動する女の姿を西鶴が描くにあたって、まず遊女を取り上げた所以である。

こうして西鶴は遊女を通して女の生きた姿を描くが、やがて『好色五人女』や『好色一代女』、さらには、武家物や町人物で、普通の女の種々相を描く。遊女という特殊な存在を取り上げなくても、普通に家庭や社会で生活している女に、西鶴の創作意欲をそそる、女の愛欲、物欲、義理、意地、強さ、弱さなどがあったからである。

実際、この世の中の半分は女であり、その女たちはそれぞれに悩みや苦しみや楽しみや喜びを抱いて生活しているのであるから、それをそのまま描き出すというのは、今日から見れば当たり前すぎるほど当たり前のことである。西鶴の小説には、亭主を追い出してしまうような強い女も出て来るが、こうした普通の女の種々相を、その醜い面まで赤裸々に描くというのは、おぼろで雅やかな物語文学の伝統からすればあり得ない、画期的なことだったのである。

西鶴の描き方

芭蕉が卑俗な素材を使うことにためらいを持たなかったことは先述したが、西鶴も同様である。物語世界の女主人公はたいていお姫様であるが、西鶴は庶民の女を、さらには賤業とされる遊女を素材に用いた。そしてその描き方も露骨なまでに具体的である。物語世界では、恋が描かれても、相手のどの部分に惹かれたか、いつ男女の間に実事があったかなどはおぼろな雅びの中にある。

姿についても「きしゆ御前」でいえば、「容顔美麗にうつくしく、心ざまならびなく」ということであり、相手の中将は「容顔美麗にして、まことに昔の光源氏、在原の中将殿と聞えしも、是にはまさるべからず」ということであった。『横笛草紙』の横笛は「そのかたち、容顔美麗にしていつくしく、霞に匂ふ春の花、風に乱るる青柳の、いとたをやかに、秋の月にことならず」というような次第で、具体性を捨てて類型的に叙述するのである。

これに対して西鶴は「容顔美麗」などという常套文句は使わない。『好色一代男』に例をとれば、「朝妻は立ちのびて、腰つきに人のおもひつく所もあり。脇顔うつくししく鼻すぢも指し通つて、気の毒はその穴、くろき事は煤はきの手伝ひかとおもはる」(「身は火にくばるとも」)というように描く。朝妻という遊女はすらりと背が高く、腰つきには人の好き心を挑発する色っぽさがあり、横顔も美しく、鼻筋も通っていると言いつつ、その鼻の穴の黒いことまで指摘するのである。ここには、優雅な美しい世界に代わって、生々しい人間の息吹がある。

恋の場面についても、物語世界ではいつ男女が結ばれたか分からないほどおぼろだが、『好色一代男』では、「さりとは其方《そなた》も男ではないか、吉野が腹の上に適々《たまたま》あがりてむなしく帰らるるかと、脇の下をつめり、股《もも》をさすり、首すぢをうごかし、弱腰をこそぐり、日暮れより枕を定め、やうやう四つの鐘のなる時、どうやらかうやらへの字なりに埒明けさせて……」ときわめて具体的である。

こういう生きた人間の織りなす卑俗な世界が文学になるというのは、それ以前の常識では考えられないことであった。西鶴も芭蕉も、身の回りの卑俗なものを文学の素材にし、しかもそこに高い芸術性を生ぜしめたのである。

近松門左衛門の場合

芭蕉、西鶴と見てくれば、当然、近松門左衛門にも触れないわけにはいかない。実は、韻文、散文、戯曲三分野の芭蕉、西鶴、近松が従来の文芸を一新した作品を発表したのはほとんど同時なのである。

西鶴が浮世草子を創始した『好色一代男』の発表は天和二年（一六八二）のことであり、芭蕉が蕉風を確立した『野ざらし紀行』の旅は貞享元年（一六八四）であり、近松門左衛門が新浄瑠璃を確立した『出世景清』は貞享三年（一六八六）のことである。これらは数年しかずれていないのであって、千年以上に及ぶ日本文学史の上から見れば、ほとんど同時と言って差し支えない。

さらにこれに付け加えて言えば、学問の世界で契沖が近代的研究法を確立した『万葉代匠記』を書いたのも貞享四年（一六八七）である。契沖以前の註釈を旧註と言い、契沖以後の現代に到る註釈を新註というくらい、契沖の研究法は画期的であった。さらに言えば、契沖が古典の仮名遣いを整理してみせたのが『和字正濫鈔《わじしょうらんしょう》』（元禄六年／一六九三年成立、元禄八年刊）であり、これが現在の古典仮名遣いの基礎となっている。

こうしてみると、現在一般的に言われている元禄時代（天和、貞享を含む）というのは、我が国の文化史の上でたいへんな時代であったと言うことが出来る。

その元禄文化の一角を担う近松門左衛門については、多くの言は必要ない。近松の世話浄瑠璃が、それ以前の古浄瑠璃とはまったく違って、きわめて身近なところに起こった心中、姦通、殺人などを素材とし、そこに生きた人間の姿を描き出してみせたことは周知のことだからである。近松もまた、目の前の現実世界の卑俗な素材から高い芸術性を生み出した点で、芭蕉や西鶴と共通するのである。

そして、近松の場合も、西鶴と同様、現実の世界の生きた人間を描こうとすればするほど、女の姿が前面に押し出されてきて主役になってくる。近松の作品は、数の上からいうと時代物の方がはるかに多いので、それらでは男が主人公になることが多いのだが、世話物に関して言えば圧倒的に女上位と言える。

それは、ほとんどが恋に関わるからで、この点は西鶴の好色物と共通性がある。女が男の背後に隠れていたり、男の引き立て役に甘んじたりということが少ないのである。『曽根崎心中』などを見ると女の方がよほど力強く現実に対処し、男をリードしていく。お姫様的な類型的な女の描き方がなくなり、生きた女の存在感が大きくなるのは、西鶴の場合もそうだが、庶民性ということと大いに関係があろう。自分の生きている社会の、物語的ではない現実を文学の素材としてリアルに描き出せば、当然、女の存在感が大きくなるのである。

近松の芸術論と芭蕉の俳論

近松に話が及べば、その有名な虚実皮膜論《きょじつひにくろん》が浮かび上がってくる。ここから、江戸文芸における芸術論の新鮮さにも触れておこう。

『難波みやげ』によれば、或る人が、近松に向かって、歌舞伎の役者の所作は事実に似ていなければならない、「立役《たちやく》の家老職は本の家老に似せ、大名は大名に似るをもつて第一とす」

と言ったという。これに対して、近松は、「この論尤《もっとも》のやうなれども、芸といふ物の真実のいきかたをしらぬ説也。芸といふものは実《じつ》と虚《うそ》との皮膜《ひにく》の間《あひだ》にあるもの也」と言ったというのだ。

近松はこの言葉に続けて実例を挙げるわけで、家老を演じる場合、本物の家老の身振り口上を写すとは言っても、本物の家老が役者のように顔に紅脂白粉《べにおしろい》をつけているだろうか。本物の家老は顔を飾らないからと言って、役者が髭は生えたまま、頭は禿げたままで舞台に出たら、芸というものになるだろうか。「皮膜《ひにく》の間といふが此也《ここなり》。虚《うそ》にして虚にあらず、実《じつ》にして実にあらず、この間に慰《なぐさみ》が有たもの也」というのである。

ここに、芸術における真実と事実の問題がある。家老を表現しようとする役者が紅脂白粉をつけて登場するのは、実際の家老という事実に反している。つまり、虚《うそ》である。しかし、この役者が本当に表現したいのは、家老の表面的な姿態ではなく、その家老の内面の苦しみや誇りであり、さらにはその家老の行動や生き様である。これこそが伝えなければならない芸術的真実であり、この真実を伝えるためには家老を演じる役者は紅脂白粉をつけていた方が効果的なのである。つまり、実を伝えるためには虚が必要になってくるわけで、この実と虚との切り離せないところに芸術があると、近松は言うのである。

近松は、女形の台詞《せりふ》には、本物の女なら口にしないようなことが多くあるとも言っている。実際、普通の女は自分の内面をそんなに口にするものではない。しかし、芸の上でその通りに演じると、女の底意が現れず、演劇が成り立たない。だから、女の実の情を表現するためには、女に不相応な台詞が多くなるのだと、近松は言うのである。これもまた、伝えなければならない真実のためには、事実を変えること、すなわち虚が必要だということなのである。

事実通りにということは現在でもしばしば言われる。しかし、報道文なら事実が最優先であるが、芸術で伝えなければならないことは事実よりも真実なのであって、そのためには事実の変更は行なわれてしかるべきなのである。この事実の変更が上手に行なわれなければ、優れた芸術は生まれない。近松のこの考え方は、現在へも大きな警鐘を鳴らしていると言えるだろう。

優れた芸術家はすべてこうしたことを意識的、無意識的に行なっている。西鶴は、文芸理念など、自作の裏側を語ることをしないが、彼の作品に現れる迫真的な真実性を考えると、当然、事実の変更は行なっているはずである。

そして、芭蕉の言葉にも、「俳諧といふは別の事なし、上手に迂詐《ウソ》をつく事なり」（俳諧十論）というのがある。

芭蕉の行なう虚構

芭蕉は自分の俳句を生かすために、事実を変更することが多い。その一つの例として、〈あらたふと青葉若葉の日の光〉を取り上げてみる。

芭蕉は、元禄二年に『おくのほそ道』の旅に出て、三日目に室の八島に参詣した。そのときに作った五句が曾良の『俳諧書留』に記録されているのだが、その二句目に〈あなたふと木の下暗も日の光〉という句がある。つまり、この句は室の八島で作られたものなのだ。ところが、芭蕉はこの句の「日の光」という表現を生かすためには、日光という地名に響き合わせた方がよいと考えたらしく、日光で作ったことに変更した。「日光山に詣づ」という詞書を持って〈あらたふと木の下闇も日の光〉と書かれた真蹟懐紙が残っているのである。そして、芭蕉は元禄七年に『おくのほそ道』を完成させるのだが、そこでは、この句は〈あらたふと青葉若葉の日の光〉と形を変えて、日光のところに置かれている。

芭蕉が日光に着いた日は、曾良の『旅日記』によれば、前の晩から小雨で、午前中は止んだり小雨が降ったりという天気だった。昼頃に雨は止んだようだが、終日曇りであった。こういう天候では、〈あらたふと青葉若葉の日の光〉という句は入れられないので、『おくのほそ道』の日光の項は、天気については一切触れてない。この句に引きずられて、晴天とも読めるようにしてある。

もっとも、翌日、裏見の滝を見に行ったときは快晴であったから、この句の状況と合うのだが、裏見の滝では別の句が置かれているので、この句の置かれる余地はない。

つまり、芭蕉は、句を推敲してより良い句にするとともに、その句をどこに置いたらもっともその句が生きるかということにも神経を使っているのだ。そして、それは事実に反しても構わないことなのである。その句の持つ芸術的真実がもっとも効果的に発揮されることの方が大切なのだ。

よく知られていることではあるが、『おくのほそ道』には、世間一般の紀行文とは異なって、虚構が多い。安積山では、古歌によく詠まれる「かつみ」とはどんな植物か知りたくて、探し歩いたことが、『おくのほそ道』には書かれてある。「いづれの草を花かつみとは云ふぞと、人々に尋ね侍れども、さらに知る人なし。沼を尋ね、人に問ひ、かつみ〳〵と尋ね歩きて、日は山の端にかかりぬ」というのである。すでに安積で日が山の端にかかる状態で、そのあと「二本松より右にきれて、黒塚の岩屋一見し、福島に宿る」というわけだから、福島に着いたときは相当時間が遅かっただろうと思われるのだが、実を言うとそんなことはなかった。曾良の『旅日記』によれば、黒塚の岩屋を見た後、郷ノ目村の神尾氏を訪ね、そのあと福島に着いているのだが、「日未《いまだ》少シ残ル。宿キレイ也」ということで、福島についても明るかったのだ。

つまり、「かつみ〳〵と尋ね歩きて、日は山の端にかかりぬ」というのは事実に反しているのだが、これは、芭蕉のこの旅における姿勢を表現しているものなのだ。芭蕉は『おくのほそ道』の旅で、古人の跡を尋ね、古人の見たものを見、古人の歌を現場で追体験している。そのためには回り道もいとわない。そこまで風雅を追い求めている自分の姿を表現したものが、「かつみ〳〵と尋ね歩きて、日は山の端にかかりぬ」という表現なのだ。つまり、この表現は、芭蕉の行動の事実は伝えていないが、古人に触れようとする芭蕉の姿の真実を伝えているのだ。

このような、眼前の事実にこだわることなく、そこから表現されたものによってもっとも大切な真実を伝えたいという芭蕉の文学的な姿勢は、近松とも共通するものである。

言い尽くさぬ姿勢

芭蕉の俳論は多岐にわたっていて、現在に至るまで我々に多くの示唆を与えているが、その中でも特に有名なものは次のような言葉であろう。

謂《い》ひ応《おほ》せて何かある（言い尽くしてしまったらそこに何があるというのか、何も残らないではないか） （去来抄）

発句はかくの如く隅々《くまぐま》まで言ひ尽くすものにあらず （去来抄）

これは、説明する部分を最小限に留め、かえってそこから生じる意味の広がりを大きくしようとするもので、文学の基本としてもっとも重要なことだ。

実際、芭蕉は句を作るにあたって、極力説明を避けている。たとえば、芭蕉に〈春立つや新年古き米五升〉という句がある。これは、〈似合しや新年古き米五升〉とか〈我富めり新年古き米五升〉とかいう形が前にあったのだが改めたのである。後に芭蕉は「似合しやと初め五文字あり。口惜しき事なり」(三冊子)と言ったという。

つまり、作者が自分から古い米を五升持って新年を迎えたのは自分に似つかわしいと言ってしまえば、もうそれで終わりであって、それ以上の感覚が読者の心には広まらない。そこで、芭蕉は「似合しや」とか「我富めり」とかいう説明的な言葉を句から削ったのである。「春立つ」というのは「新年」と同じことであって、意味的には何も付け加わっていない。つまり、古い米を五升持って新年を迎えたということだけを芭蕉は言うことにしたのである。

これによって、豊かなようでもあり、貧しいようでもあり、似つかわしいようでもありという複合した感覚が読者の心に広がることになる。文学的には言い尽くさないということが、こういう大きな効果を生むのである。

こうした、言い尽くさない効果は、西鶴もよく用いる。

『世間胸算用』の「小判は寝姿の夢」には、貧しさのあまり年を越すことができなくなった男の話があり、大晦日に妻が乳飲み子を置いて奉公に出ることになる。妻が人置きの嬶に連れられて家を出て行ったあと、夕暮れになって男は、棚のはしに、妻が買っておいた正月用の雑煮箸が二膳あるのを見つける。それを見るや男は「一膳はいらぬ正月よと、へし折りて鍋の下へぞ焼《た》きける」と西鶴は書いている。

西鶴はここで、男がどんなに辛かったか、怒ったか、悲しかったかなどについて、まったく説明をしていない。しかし、二膳の雑煮箸のうち、この正月は一膳が要らなくなったと、へし折って鍋の下にくべてしまったという一事の中に、男のやりきれない気持が千万言を費やすよりも効果的に現れていよう。そして、夫の分と自分の分との二膳の箸を用意した妻のいじらしさや哀れさまで、ここには浮かび出てくる。

これは、「謂ひ応せて何かある」とする芭蕉の姿勢と相通じるものである。

江戸時代文芸の普遍性

江戸時代の文芸がいかに新しいか、いかに現代にまで通じる普遍性を持っているかということを述べてきたわけだが、これでやっと元禄期の芭蕉、西鶴、近松に触れただけである。しかも、まだまだこれでは表面的で、この三人だけでももっと掘り下げてみなければならない点が多い。

それに、江戸時代の文芸はこの三人だけでできあがっているものではない。安永天明期における、俳句の分野で写実性を基本にしながら物語性・虚構性をも取り入れた与謝蕪村、小説の分野で伝統的な物語形式を活用しつつ現実を描いてみせた上田秋成、演劇の分野で歌舞伎の様式美を完成させた近松半二、学問・評論の分野で文学を道徳や宗教から切り離してその独立性を確立した本居宣長などのそれぞれの試みは、元禄期とは違った新しさや画期性があり、これまた現在に大きな示唆を投げかけている。

そして、さらに文化文政期に目を向ければ、小説の分野で緊密な構成と起伏のあるストーリー展開で大長編を書いた曲亭馬琴、演劇の分野で徹底した写実性で生世話狂言を確立した鶴屋南北、俳句の分野で卑俗性・地方性を存分に取り入れた小林一茶などが、これまた従来になかった試みをしている。

この他、小説だけに絞ってみても、八文字屋本、談義本、洒落本、黄表紙、滑稽本、人情本、合巻などの試みがあり、こうしたものを一つずつ論じ、紹介していけば、どれだけ紙幅があっても足りない。このくらい江戸時代文芸は多岐にわたってさまざまな試みを行なっているのである。

現在の私たちはこうした江戸文芸の延長上にいる。私たちは好むと好まざるとに関わらず、さまざまに江戸文芸の恩恵を受けているのである。それにもかかわらず、私たちは江戸時代人の試みの幅広さや奥行きを十分理解しているとは言い難い。私たちはもっともっと江戸時代の文芸を知るべきである。私たちが江戸時代の文芸から学ぶことはまだまだありそうに思われる。

（合同論文集『江戸文学の冒険』所収／二〇〇七年三月）

江戸時代の文芸の新しさ——その二

江戸時代文学の近代性を考えるにあたって、前章では、芭蕉・西鶴・近松中心に、江戸時代前半期の上方文学を中心に論じた。そこで、今回はそれに続く安永天明期文学から文化文政期の文学について考えてみることにする。

上田秋成の文芸理念

まず、上田秋成（一七三四〜一八〇九）の文芸理念を見ることから始めたい。

上田秋成の『源氏物語』評論書である『ぬば玉の巻』には、物語文学を定義して次のように言う。

そも物語とは何ばかりの物とか思ふ。もろこしのかしこにもかゝるたぐひは、ひたすらそらごと《寓言》をもてつとめとし、専ら其実なしと雖も、必ずよ作者の思ひ寄する所、あるは世の様のあだめくを悲しび、あるは国の費えを歎くも、時の勢のおすべからぬを思ひ、位高き人の悪みを恐れて、古の事にとりなし、今のうつゝを打ちかすめつゝ朧気に書きいでたる物なりけり。

ここで、秋成は、物語を「そらごと」（架空のもの）と言いつつ、その「そらごと」に「寓言」と振り漢字をしている。つまり、空言ではあるが、そこに託された作者の意図があるのだ。実際に起こったことではない話とは言え、「必ずよ作者の思ひ寄する所」があるのであって、世の中に対する批判がある。しかし、江戸時代は言論の自由などというものと縁のない言論統制の厳しい時代であったから、作者の込めたい意図をそのままに書くわけにはいかない。そこで、物語の筋は昔のことに取りなして、今の現実を「打ちかすめつゝ朧気に」書くことになると、秋成は言うのである。

この秋成の意見は、文学は現実を描くものという強い意志を根底にしている。ただ、江戸時代には為政者から罰せられた多くの文学者がいるのであって、それを避ける必要をどうしても考えざるを得ないのである。そういう社会環境の違いはあるが、「打ちかすめつゝ朧気に」ではあっても現実に触れようとする作者の意志は、現在に通じる作家精神と言えるだろう。

実際、秋成の『雨月物語』を例にとると、九編の短編すべてが作中の時を過去にとり、幽霊や怨霊に託してストーリーを展開させているのだが、その奥には現実を描こうとする批判精神が窺える。

たとえば、「吉備津の釜」という作品は、時を室町時代にとり、愛人に溺れた夫の度重なる裏切りのために病に伏し、ついには死んでしまった妻が、その後恐ろしい怨霊となって夫の上に襲いかかり、ついには夫を取り殺してしまうという話である。

この話は単なる怪談とも読めるのだが、その背後には痛烈な現実批判がある。というのは、江戸時代においては、妻はどのような場合であっても夫に従うべきであって、夫が妾の所に行ったからといって、妻は嫉妬心を表したりしてはならなかったのである。現実に蓄妾の習慣はあったし、妻妾同居の例もあった。しかし、妻たる者、それを甘受しなければならなかったのが当時の常識であった。

そういう状況の中で、秋成は怪談に形を借りて妻の心の中の嵐を描き出してみせたのである。女はこういう状況を黙って受け入れるものと思いこんでいた男たちは、この作品を読んでギョッとしたことであろう。この作品の結末は、日本文学中もっとも恐ろしいと言われているが、恐ろしければ恐ろしいほど、そこには女の心の中の嵐、すなわち苦悩が如実に描き出されているのである。

秋成はまた、同じ『ぬば玉の巻』において「人ひとりがうへに善きと悪しき打ちまじりたるは、今も求めんに、億兆の中多くは其人なるべし」と言っている。善人、悪人と人間を分類したがる一般的風潮の中で、人間には良い面と悪い面が共存しているとする人間観は、江戸時代以前の古典的文学には見られなかったものである。近代に通じる人間観と言えよう。

そして、秋成はそういう人間観をもとにして、物語というものは「男も女も世にある人のうへを語り出でたるが、おほよそ隠るゝ隈なくあなぐり出」すものと考えている。これもまた近代に通じる小説観である。

歌舞伎の新しさ

現在から見れば古いものの代表のように言われる歌舞伎でも、見方を変えれば非常な新しさがあり、現代演劇以上に新しいとも言えるのである。

たとえば、劇中において二人の人間が舞台の上で言い争いを始めたとする。二人は初めのうちは向かい合って、お互いの顔を睨みつけているのであるが、それぞれが自分の主張を述べる大切な場面になると、二人とも客席を向いてしまう。そして、客席に向かって自分の科白《せりふ》を言うのである。これは現実として考えてみるといかにも不自然である。実際の喧嘩でこういうことは起こらないからだ。

ところが、これは観客の方からすると非常にありがたい。というのは、一生懸命にしゃべっている俳優の顔を正面から見ることが出来るからだ。つまり、これは映画で言うクローズアップなのだ。映画ではカメラが俳優の顔を正面から映す。それとまったく同じことを江戸時代の演劇は早くから行なっていたのだ。映画という新しい芸術形態が生まれてから、歌舞伎が見直されたのは、映画で行なう手法を歌舞伎が早くから実践していたからである。

もう一つ例を挙げれば、大勢が舞台の上にいてそれぞれが動いているという場面があるとする。そのとき、一人の人間が財布を拾う。その財布がその後のドラマの展開の上で大きな意味を持つ――、こういう場面があったとする。そのとき、主要人物が財布を見つける演技を始めると、他の登場人物たちは動きを止めてしまう。そして、いま大切な演技をしている一人だけが動くのだ。そして、その人物が辺りを見回し、自分を見ている者がいないことを確認して、素早く財布を拾い上げて、懐にしまう。その演技が終わると、他の人物たちがふたたび動き始める。

これもまた、映画のクローズアップと同じである。映画ではどんなに登場人物が多くても、ドラマの進行上大切な演技を一人がするときは、その人間だけを大きく映し、他の人間はフレームの外になってしまって映らない。歌舞伎はそれを舞台の上で行なっている。ただ、舞台であるから他の人物をフレームの外へ出すわけにはいかない。そこで、他の人物は動きを止めてしまい、観客が唯一動いている人物に目を向けるようにしむけるのだ。

こうしてみると、歌舞伎の演出は非常に映画的であることが分かる。しかも、映画の発明されるよりはるか昔からこの手法をとっているのだ。

また、最新の演劇ともいうべきアングラ演劇では舞台と客席との隔てを取り払って、俳優が客の間に入ったりする演出が見られるが、これも歌舞伎においては早くから行なわれていることである。よく使われるのは場面転換のときであるが、二人の俳優が会話を交わしながら花道を半ばまで来て、そこから客席に下りる。そして、客席の間を通って仮花道に上がり、ふたたび舞台に戻ると、舞台装置が変わっていて、ドラマの中での二人の行き着いた場所になっているのである。

これは、幕を下ろさずに場面を転換しようとするためであるが、それとともに、観客と俳優との隔てをなくし、一体化を図る上でも効果がある。そのために、このときの俳優同士の会話はアドリブで、ドラマの本筋には関わりない現在（観客にとっての現在であって、ドラマの中の時間ではない）のことが語られる。すなわち、「いま歌舞伎座には團十郎が出ていてたいそうな評判ですな」などと、いま自分たちの演じている芝居のことを話題にしたりする。これによって、舞台が観客から切り離された別の空間ではなくなり、観客のいるところから連続性を持った空間となるのだ。

この、現実と繋がりのある芝居空間にしようとする試みはいろいろなところに見られるのであって、たとえば、『東海道四谷怪談』（鶴屋南北）は『仮名手本忠臣蔵』（竹田出雲、三好松洛、並木千柳）と組み合わせて上演された。つまり、『仮名手本忠臣蔵』は実際に起こった出来事を素材にしているということはよく知られているのであり、それの裏側の事実として『東海道四谷怪談』が上演されれば、『東海道四谷怪談』もまた現実に繋がるリアリティを持つのである。すなわち、『東海道四谷怪談』の主人公民谷伊右衛門は塩冶浪人（現実における赤穂浪人）ということになる。

歌舞伎の舞台の大きな特徴である花道もまた、現実と芝居を一体化させる役割を持っている。花道は観客の間を通っているのであり、花道を通る役者を観客は前後左右から眺めることになる。つまり、役者が自分たちの中にいるという実感が味わえるのだ。

一見、古いものの代表であるかのような歌舞伎も、このように、現代の最先端に繋がる大胆な試みをしているのである。

俳句における新しい試み

小説と歌舞伎に触れたから、韻文にも触れておきたい。安永天明期といえば蕪村である。蕪村は芭蕉を尊敬し、芭蕉の跡を求めようとしているが、それとともに、芭蕉の行なわなかったような新しい試みもしている。

a　河童の恋する宿や夏の月
b　公達に狐化けたり宵の春
c　行春や選者を恨む歌の主
d　御手討の夫婦なりしを更衣
e　追剝を弟子に剃りけり秋の旅
f　指南車を胡地に引き去る霞かな
g　畑うちや法三章の札のもと

これらの句は、従来の発句が身辺的な素材をもとにしていたのに比べると、たいへんな新しさである。それは、従来の発句は俳諧の発句（連句の最初の句）の独立したものであり、俳諧の発句は挨拶性が必要であるから、どうしても身の回りのことに託して挨拶を行なうことが多かった。たとえば、俳諧が行なわれる家に梅が咲いていたとすれば、客人はその梅に託して主人の人柄を讃えたり、その家の良さを褒めたりするのである。そして、主人役がそれを受けて脇（脇句）を付け、挨拶を返す。こうした贈答では架空の世界を詠んだりはしない。もし、人の家を訪問して、平安時代の御殿を詠んだ句を披露したとすると、いま目の前にある相手の人の家は詠むに値しない家ということになり、失礼極まりないことになる。したがって、こうした俳諧の発句が独立した俳句では身の回りのことを詠むのが一般的だったのだ。

もちろん、以前の俳句も挨拶吟だけでなく、一句仕立てのものも多いのだが、俳諧の発句であるという意識が強かったのだろうか、あまり大胆な空想の句は見かけない。

ところが、蕪村の時代になると、俳諧の発句として詠むよりも、一句だけで独立して存在する句が多くなる。そこで、蕪村は大いに空想を広げ、大胆な句作りをしているのだ。もちろん、蕪村にも写実的な句、身辺的な句は多い。ただ、それに加えて時間や空間を超越した句も作っているのだ。

ａの句は河童という架空の動物を使い、夏の夜の水辺の涼しげな感じと、片想いの切なさを詠んでいる。ｂの句も、狐が化けるという空想的な素材を使って、平安朝の公達の持つ華やかな雰囲気を生じさせ、春の朧の艶なる空気を表現している。ｃの句は勅撰集に自分の歌を入れてもらえなかった歌人の姿を詠んだものだが、これも平安時代の情景であり、未練の残る気持と春を惜しむ気持とを重ね合わせている。

ｄの句は、奉公人同士の恋を詠んだものである。不義はお家の御法度ということで、奉公人同士の恋は厳重に禁止されており、お手討ちされても仕方なかったのだが、この二人は許されて晴れて夫婦となり、衣更えの季節を迎えているのだ。ｅの句は、僧侶が追剝を教え諭して、弟子にしてしまったということである。このｄとｅは小説の一節のような物語的世界である。

そしてまた、ｆとｇは遠く中国を素材にしている。ｆは僻地へ向かって遠征軍が出発するときの光景だし、ｇは前漢の高祖が秦の苛政を改め、法をわずか三章としたという史記にある故事を詠んだものだ。いずれも蕪村の実体験から生まれたものではなく、空想の産物である。

こうした試みについて、後の正岡子規は、「文学は伝記にあらず、記実にあらず、文学者の頭脳は四畳半の古机にもたれながらその理想は天地八荒の中に逍遥して無碍自在に美趣を求む」(俳人蕪村)と褒め称えている。

時代の制約の中での試み

江戸時代の作者たちはこのようにさまざまな試みをしているのだが、幕藩体制が次第に逼迫してくると庶民に対する締め付けが厳しくなり、だんだんと現実が描けなくなる。しかし、それでも現実を描こうとする作者たちの意欲はさまざまな方法を案出する。先に上田秋成の小説論のところで触れたが、『ぬば玉の巻』にあるように「時の勢のおすべからぬを思ひ、位高き人の悪みを恐れて、古の事にとりなし、今のうつつを打ちかすめつゝ、朧気に書きいで」るという手法もその一つである。

たとえば、『仮名手本忠臣蔵』は、現実に起こった赤穂浪士の討ち入りを題材にしているのだが、現実をそのまま描けないため、時を室町時代初期ということにしてあり、場所も江戸城で起こった事件であるのに鎌倉の鶴岡八幡宮でのこととしている。しかし、時も場所も完全に移し替えてしまったわけではない。わざとであるか、無意識であるか分からないが、江戸時代のことと分かってしまう部分を残している。たとえば、五段目、六段目では鉄砲が重要な小道具として使われるが、室町時代初期の日本には鉄砲はない。また、七段目の由良之助の遊ぶ場面はどう見ても江戸時代の遊郭である。作者は、いまの世の中を描いてはいないということを示しつつ、現在を暗示しているのであろう。

また、時と場所を移すという方法の他にも、現実を裏返しにしてみせる方法もある。江戸時代後期において洒落本、黄表紙、読本などを書いた山東京伝の『孔子《こうし》縞《じま》于《とき》時《に》藍染《あいぞめ》』は、完全に世相を裏返しにした面白さを描いている。題名は、孔子様の教えが時に逢うという意味と、藍染めの格子縞が世に流行するというのを引っかけてある。内容は、聖人の教えが行き渡って誰も金銭を欲しがらなくなったということで、追い剝がれ（もちろん、追い剝ぎをひっくり返したもの）が出て通行人に無理矢理金銭と衣服を押しつけたり、百姓は倍の年貢を差し出すことを願い出たり、芝居小屋はお金を渡して人を入れたりという形を使って、現実を描いている。これは、もちろん現実そのままではなく、庶民の財政逼迫の苦しさが裏返しになって書かれているのだ。

また、平賀源内が風来山人の筆名で書いた『風流志道軒伝』は、志道軒が、大人国やら小人国などを巡る話で、そこにもいろいろ世相を裏返したような可笑しさがある。女護島（女だけの国）に着いたときには遊男にされて客を取らされ、その辛さに嘆くというような話もある。

女なら遊女であるが、男なので遊男なのだ。もちろん現実には遊男などないのだが、遊女が無理に客を取らされて辛さに嘆くというのは現実にあることで、ここは男と女を入れ替えて滑稽さを出すとともに、現実に対する批判を行なっているのである。

現実を描けない世界

元禄時代の井原西鶴や近松門左衛門は、ほぼ現実をそのままに描くことが出来た。しかし、安永天明期以降になると、為政者の締め付けが厳しく現実を描くことが難しくなってくる。したがって、安永天明期の作者たちは、散文の上田秋成にしても、韻文の与謝蕪村にしても、戯曲の近松半二にしてもロマン的傾向が強くなる。あたかも現実を描いていないような作り方になるのだ。しかし、それにもかかわらず作者たちは種々の方法を用いて現実を描き出しているのである。

こうした傾向が強まった中で文化文政期の読本作者である曲亭馬琴は、全九輯百六冊という長大な『南総里見八犬伝』を完成させる。この作品は徹底的な勧善懲悪思想に貫かれている。すなわち、多くの人物が登場するが、必ず、善いことをした人間には良い報いが、悪いことをした人間には悪い報いが生じるようにしてある。作品の進行の都合上、良い人が殺されてしまうということもあるのだが、その場合でも、その殺された人の子孫に良い報いが生じるようにしてある。

この『南総里見八犬伝』に描かれた世界も現実にはあり得ない世界である。善いことをした人間には必ず良い報いがあり、悪いことをした人間には必ず悪い報いがあるなどということは、子供でも少し成長してくれば、こんなことが現実にあり得ないことはすぐ知ってしまうだろう。まして、大人になってなおこんなことを信じている人間はいないはずだ。だが、あえて馬琴は小説の中でそういう世界を作った。

『南総里見八犬伝』という小説は読んでいると実に面白く、我々読者はその世界に引きずり込まれ、ストーリーの流れに完全に乗せられてしまう。実際、『八犬伝』の人気は凄かった。この作品は文化十一年（一八一四）から天保十二年（一八四一）まで二十八年間にわたって刊行され続けたのだが、版行とともに人気は沸騰し、歌舞伎に上演され、浄瑠璃に語られ、講釈に読まれ、絵本になり、錦絵になり、帯に織られ、更紗に染められ、深川の芸者は七人のうち五人まで犬張子の下げ物をし、佐渡の農夫、木樵、鉱夫にいたるまで『八犬伝』を知らないのを恥としたという。

ここまで優れた創作の腕前と知的能力を持つ馬琴であるから、こうした善悪の因果応報も、単純に小説を展開させる手段としてのみ使っているわけではない。そこには隠れた意図があるのだ。

現実生活でさまざまな苦労を体験した馬琴は、現実がそうではないことを百も承知の上で、なお、せめて小説の中だけでも、善いことをすれば良い報いがある、悪いことをすれば悪い報いがあるという世界を作りたかったのだと思う。そうした世界の中に面白いストーリー展開で読者を引きずり込み、作品の中の世界を読者に実体験のごとく経験させれば、読者の間に、自然と、善いことをすれば良い報いがある、悪いことをすれば悪い報いがあるという考えが沁み込んでいくだろう。そして、すべての人がそういう考えを心に沁み付けたときこそ、現実のこの世も善いことのみが行なわれる素晴らしい世界になるのではないか。これが馬琴の意図したことだろうと思う。

『八犬伝』という小説はあれだけ長いものでありながら、作中での因果応報が少しもゆるがせになることなく、完全というくらいに徹底的に行なわれている。これは、右のような強い意図があるからこそ行なわれたことなのだろう。

馬琴は自分の小説の百年後の効果を考えていた。『八犬伝』が読み継がれることによって、百年ののちには人々が善いことのみをしようと心がける楽園が出現する。そのときこそ『八犬伝』の真の価値を人々は認めてくれるだろう。馬琴が「百年の後、知音を俟て是を悟らしめんとす」と記した「隠微」にはこうした意味もあるのではないかと思う。

終わりに

現代とは隔絶した古い社会であるように見える江戸時代においても、人々は常に自由な表現を求めていた。ただ、社会の制約によってそれは困難な場合もあったが、それでも人々は種々の手段を講じて自分の感じ取ったものを表現し続けた。その、自由を求める精神活動は、それ以前の古代社会とはまったく違うものであった。江戸時代というのはすでに近代精神が芽生えているのであり、それは文芸活動の中にも十分見出すことが出来る。現在の私たちはその延長上にいるのである。

（『文学における「モダン」とは何か』所収／二〇〇九年三月）

Ⅱ

歳時記への従属を排す

句会で選句が行なわれるときに、よく出てくる言葉に「これは歳時記に載っていないから季語として認められない」というのがある。俳句においては季の詞の存在は大切だが、その結果として、私たちは歳時記に縛られてしまっているのだ。

歳時記に載っていなくても季節感を表す言葉はあるし、逆に歳時記に載っていても現代の私たちにはまったく季節感を感じさせない言葉もある。大切なことは、作られた作品、つまり俳句そのものから季節感が実感的に迫ってくるかどうかである。俳句を作る立場は何よりもこのことを優先しなければならない。

歳時記というのは、連歌や俳諧が発達してくる過程で、人々が自分たちの便宜のために作ったものであって、連歌、俳句の前からルールとして存在したわけではない。だから、私たちは便宜として歳時記を利用することはあっても、自分らの創作活動が歳時記に従属してはならないのだ。歳時記の方が私たちの創作活動に従属すべきである。

このことを具体的に考えるために、芭蕉の句を例にとって歳時記との関係を見てみよう。

清滝や波に散り込む青松葉　　芭蕉

この句は〈清滝や浪にちりなき夏の月〉からの改作である。

ちょっと遠回りになるが、改作の理由をまず示しておこう。このことに触れた『旅寝論』（去来著）を引用してみる。

清滝や浪にちりなき夏の月　　先師

此の句は清滝の初めの吟なり。先師、易簀《えきさく》し給ふ砌《みぎり》、我を呼びて曰く、「此の頃園女かたにて、白菊の目に立てて見るちりもなしと云ふ句を作すれば、清滝の句を吟じかへたり。忘れず書きとどめ野明が方に残し置きし草稿を破《や》り捨つべし」とて、

清滝や波に散り込む青松葉

此の句を語り給ふ。

芭蕉は元禄七年閏五月二十二日から六月十五日まで、京都嵯峨の落柿舎に滞在し、その間、〈清滝や浪にちりなき夏の月〉という句を作った。ところが亡くなる直前になって、この句を吟じ変えると言ったのである（右の文章の易簀とは学徳ある人が死ぬこと）。

これは、元禄七年十月九日のことであった。芭蕉はこの三日後の十二日に亡くなるのだ

が、前日の八日には「病中吟」として〈旅に病《やん》で夢は枯野をかけ廻る〉という句を作っている。「旅に病で」の句は周知の通り芭蕉の最後の句である。しかし、吟じ変えということでは、この後も芭蕉は意を尽くしているのであり、それがこの「清滝」の句なのだ。

なぜ、芭蕉が夏に作った句を四ヶ月も経って冬になってから作り替えたのかは、『旅寝論』によれば、園女のところで似たような句を作ってしまったからということである。芭蕉が園女の所へ行ったのは九月二十七日であった。おそらく園女は、芭蕉を迎えるにあたって、床の間かどこかに白菊を活けておいたのだろう。そして、客人である芭蕉はその白菊に託して園女を称える〈白菊の目に立てて見るちりもなし〉という挨拶句を作ったのだ。これによって、先に作ってあった〈清滝や浪にちりなき夏の月〉を作り替えることになったというのである。

この作り替えの理由は、『旅寝論』のみならず、去来の「許六宛書簡」や『去来抄』、支考の『芭蕉翁追善之日記』や『笈日記』などもみな同じである。

しかし、改めて考えてみると、〈清滝や浪にちりなき夏の月〉と〈白菊の目に立てて見るちりもなし〉とが、そんなに似ているだろうか。単に「ちりなし」という語を使ってあるというだけだ。死を三日後に控えたときにわざわざ作り替えて、野明のところに残してきた〈清滝や浪にちりなき夏の月〉という句を破棄せよとまで言わなければならないほどのことだろうか。

私は、園女のところで似た句を作ったからというのは作り替えの口実に過ぎないと思う。もっと大切な点で作り替える必要があったと思われるのだ。

そこで、作り替える前と後とを比べてみよう。

清滝や浪にちりなき夏の月

清滝や波に散り込む青松葉

前者は波に塵がないということを直接的に叙述している。つまり説明的・散文的表現である。清滝とは嵐山の麓を流れる桂川の上流で、水の非常に美しいところである。その水の綺麗さを、塵がないとそのままに表現するのは文学でも何でもない。単なる平面的叙述である。

それに対して後者は、その波に青松葉が散り込んでいることを付け加えている。青松葉は清らかさ、爽やかさ、新鮮さを感じさせるものである。読者にそうした印象を想起させることによって清滝の水の綺麗さを連想させ、実感させようとしているのだ。こちらは理屈を超えて、読者の感覚の中に水の美しさを感じ取らせようとしているのだ。

前者が論理的説明で清滝の水の澄んだ美しさを叙述しているのに対し、後者は感覚に訴える方法で水の新鮮さ爽やかさを読者に感じ取らせている。つまり、後者は文学になっているのだ。

おそらく芭蕉はこうした、より良い表現に切り替えるために、園女のところで作った句が似ているからという口実を持ち出したのだろう。芭蕉は句を完成させるために、何回にもわたって推敲する癖がある。この場合も、野明のところに残してきたこともあるので、もっともらしい改作の理由をつけたのだろうと思う。

ところで、こうして作り替えられた句の季の問題であるが、初案が「夏の月」という季の詞を持っているのに対し、再案には季の詞らしきものがない。強いて言えば、「青松葉」もしくは「松葉散る」であろう。江戸時代にこんな季題があったのだろうか。

慶長八年（一六〇三）頃に刊行され、後の俳諧書に大きな影響を与えた連歌式目書である『無言抄』（応其著）では、「松乃落葉」は非季詞のところに入っている。季の言葉とは認められていないのだ。

芭蕉以前の巨大な存在である、貞門派のリーダー松永貞徳の著した『俳諧御傘《ごさん》』（一六五一）には「松・竹のおち葉は雑也」とある。雑とは無季ということだ。また、芭蕉の死後二十三年ほどたって刊行された『俳諧通俗志』（員九著）でも、「松・竹の落葉」は雑のところに入っている。「松の落葉」「竹の落葉」はやはり季の詞ではない。

そして、これ以外の近世前半期の歳時記である『毛吹草』（松江重頼／一六三八）、『誹諧初学抄』（斎藤徳元／一六四一）、『増山井《ぞうやまのい》』（北村季吟／一六六三）などには「松の落葉」はまったく載っていない。つまり、芭蕉時代には「松の落葉」は季の詞ではなかったと考えざるを得ないのである。

ところが、芭蕉の時代から遙か後になるが、曲亭馬琴が編纂した『俳諧歳時記』に藍亭青藍が手を加えた『増補改正俳諧歳時記栞草』（一八五一）という書がある。三四二〇余りの季語を採録したもので、明治以降の歳時記に大きな影響を与えた書である。これには「常磐木の落葉」という項目があり、四月として〈清滝や波にちり込青松葉　芭蕉〉と、句も添えられている。旧暦四月はもちろん夏である。つまり、芭蕉の句は常磐木の落葉として扱われ、夏の句とされているのだ。

「常磐木の落葉」なら以前から季の詞として扱われている。『無言抄』と『増山井』は夏に入れてあり、『毛吹草』は初夏に、『誹諧新式』や『をだまき』は四月である。いずれにしても夏の季題である。

ただ、『御傘』では「松・竹のおち葉は雑也。ときは木の落葉は夏也」とあって、常磐木の落葉と松の落葉は区別されている。『俳無言』も同様である。

これを整理してみると、初めの頃は、常磐木の落葉は夏であっても、松や竹はそこに含まれていなかったということになる。常磐木の落葉は、『栞草』によれば「四時凋《しほま》ざる諸木の、新葉生じて後、古葉の散るを云《いふ》」とある。つまり、常磐木とは常緑樹なのだが、常緑樹中の常緑樹たる松と竹は一年中変わらないということで、無季になっていたのだろう。しかし、時代が下るにつれて、常緑樹の代表たる松は「常磐木の落葉」の中に含まれるようになったのではないか。明治以降の歳時記が「松の落葉」を夏に入れているのはこうしたことからだろう。

さて、ここで話を芭蕉に戻す。

芭蕉は〈清滝や浪にちりなき夏の月〉を〈清滝や波に散り込む青松葉〉に直すにあたって、季についてはどう考えていたのだろう。「常磐木の落葉」が夏であるから、常磐木の代表たる松の場合も、その落葉は当然夏だと考えていたのだろうか。

どうもそうではないように思われる。先に考えたように、芭蕉は〈清滝や浪にちりなき夏の月〉では理屈による説明になってしまうから、「青松葉」の新鮮さを水に添えることによって、清滝の水の美しさを表現しようとしたのだと思われる。そうだとすると、「青松葉」を使うことに神経が行っていて、季のことは念頭になかったのではないか。青松葉は松の落葉とは異なる。青松葉はあくまでも新鮮な生き生きしたものなのである。

それに、芭蕉が『俳諧御傘』に、「松・竹のおち葉は雑也」とあるのを知らなかったとは考えにくい。芭蕉は俳諧（今でいう連句）を得意としたが、俳諧を行なうルールは『御傘』に負うところが大きいのだ。たとえば前句が春であったとしたら、これを継ぐ句は春か雑でなければならない。春は三句以上続ける必要があり、五句以内に収めなければならないのである。俳諧の捌きをする芭蕉が、一句一句の季に気を配り、俳諧作品を完成させるのを得意としていたことを考えると、「常磐木の落葉」が夏であるから、常磐木の代表たる松の場合も、その落葉は当然夏だと芭蕉が思っていたとはとうてい考えられない。

そうすると、芭蕉は〈清滝や浪にちりなき夏の月〉を〈清滝や波に散り込む青松葉〉に直すときに、「青松葉」を使う表現上の効果を第一に考え、句が季を失うかどうかには頓着しなかったということではないだろうか。

芭蕉は、貞享四年の『笈の小文』の旅で、〈歩行《かち》ならば杖つき坂を落馬哉〉という句を作り、

「終《つひ》に季ことば入らず」とことわっている。表現のために無季の句を作ってしまうことも（あまり回数は多くないが）あるのだ。

〈清滝や波に散り込む青松葉〉もそれと同じではないだろうか。芭蕉は規則を大切にしているが、表現上の理由で切れ字のない句を作ったりすることもある。芭蕉には、規則をあえて破ろうとはしないが、縛られることはないという自由さがある。この〈清滝や波に散り込む青松葉〉という句も、芭蕉の自由さの現れという例になるのではなかろうか。

ところで、ここで重要なことがある。芭蕉の〈清滝や波に散り込む青松葉〉という句が存在したがために、現在の歳時記はいずれも「松の落葉」を夏に入れてあるのだ。つまり、芭蕉の句によって新しく季語が認定され、歳時記が変化しているのだ。このように俳句作者の方が新しい季の詞を見つけ出し、歳時記がそれに従うということがあり、それが俳句が発展する上で大切だ。

歳時記にない季題だから使ってはいけない、などという考え方は厳に避けなければならぬ。歳時記になくても季節感あふれる良い句を作ればよいのだ。そして、良い句を作ればその季題が万人に認められるというのは、近代で言えば中村草田男の「万緑」などの例もある。

私たちは歳時記に従属してはならない。季節感あふれる良い句を作って、歳時記を私たちに従わせることが大切なのだ。

（「花鳥」二〇一五年四月号）

下手は仕損じをすることが出来ない

　芸術はいかなる分野であっても同じことで、常に新しさを求め続けている。俳句もまた、句作にあたっては常に新しい試みをしなければならない。

　この新しい試みということから思い浮かべることのできる芭蕉の言葉に、「名人は危ふきところに遊ぶ」（許六「俳諧問答」）というのや、「下手は仕損じを得せず」（許六「直指ノ伝」）というのがある。

　この芭蕉の言葉は、元禄六年（芭蕉五十歳）の歳旦吟として〈年々や猿に着せたる猿の面〉という句を作ったことに関連して発せられたものだ。

　この句はもともと問題があるのであって、季題がどれか分からない。去来がこの句について「季はいかゞ侍るべき」と質問したら、芭蕉は「としぐ〳〵はいかに」と答えたそうだ（去来「旅寝論」）。「年々」は季題としては認められないが、この句の意味からすると新年の句と言える。去来も「表に季見えずして季になる句」と言っている。

しかし、芭蕉がこの句を「仕損じ」と言ったのは季の問題ではない。「ふと歳旦に猿の面よかるべしと思ふ心一ッにして取り合せたれば、仕損じの句也」と芭蕉は言う（許六「俳諧問答」）。正月に廻ってくる猿回しの猿が猿の面を被ったところで何の変わりばえもしないということから、毎年毎年変わりばえのしない人間の姿を描き出そうとしたのだ。

しかし、これを芭蕉は「仕損じ」と言った。そこで許六が「名人、師の上にも仕損じありや」と質問した（許六「俳諧問答」）。名人である先生でも仕損じがありますか、と訊ねたのである。それに対する芭蕉の答は「毎句あり」というものであった。

芭蕉は常に仕損じをしているのである。

さて、ここからが気をつけなければならないところであるが、この「仕損じ」を、誰もがやるような初心者的な失敗と捉えてはならない。芭蕉はこの「仕損じ」という言葉に関連づけて、先に引用したように「名人は危ふきところに遊ぶ」とか「下手は仕損じを得せず」とか言っているのである。

「下手は仕損じを得せず」というのは、「得」が可能を表す語だから、下手な人間は仕損じをすることは出来ないという意味になる。これはなんだか常識とは逆のような気がするが、「名人は危ふきところに遊ぶ」と一緒に考えてみると、この仕損じの意味がよく分かってくる。

優れた作者は常に俳句の枠を広げようとしているから、一般的によく言われている俳句のルールに抵触しがちである。それに対して、下手な人間はルールに反しないようにと汲々としているから、失敗がない。つまり失敗することが出来ないのだ。

譬えてみると、今よく言われることに、季重ねはいけないとか、形容詞は使わないようにとか、一つの句に動詞は一つとか、さらには、カタカナ語を使ってはいけないとか、俳句はふと見たままを捉えるものだから句の中に「ふと」などという言葉は使ってはいけないとか、実にいろいろなことが言われている。下手はこれらをしっかりと守って、境界線の外に出ないから仕損じはないのだ。

しかし、俳句の可能性を求める点からすると、これは良くない。仮に、師匠が絶対に季重ねの句は認めないと主張していたとしても、弟子の方は敢えてこれに挑戦する必要がある。どうしても季の言葉が二つ必要なら二つ入れて、良い句を作るだけのチャレンジ精神がなければならない。また、師の方は、それが良い句なら節を曲げて特選にするだけの度量がなければならない。弟子の方は師匠の教えに背いたわけだから仕損じである。師の方は従来の言説を曲げて採ったのだから、これも仕損じである。こういう仕損じが俳句を発展させるのであり、これを芭蕉は「名人は危ふきところに遊ぶ」というのだ。

一般的には、弟子は師匠の言を忠実に守ろうとする。師匠はどこまでも自分の主張を曲げない。こういう師弟には仕損じはないのだ。「下手は仕損じを得せず」というのはこういうことなのだ。

芭蕉の句を例にとって少しこの問題を考えてみよう。

曙や白魚白きこと一寸　芭蕉

この句の初案は〈雪薄し白魚白きこと一寸〉であった。白魚だと春の句になってしまうが、この句は天和四年十一月の作であるから、冬であることを表すために、最初は冬の季題である「雪」を添えたのだ。しかし、これについて芭蕉は後に「無念の事也」と言った（土芳「三冊子」）。今が冬だからとわざわざ冬の季題を入れて、白魚の白さを目立たないようにしてしまったのが無念なのだ。白魚を詠むのだから白魚がはっきりと示される方が良い。結果的には「雪薄し」を外してしまったから、「白魚」が季題となり、冬に春の句を作ったことになってしまった。つまり、「仕損じ」ということになるが、これが「名人は危ふきところに遊ぶ」ということなのだ。

唐崎の松は花より朧にて　芭蕉

この句は切れ字がない。つまり、発句ではないということになる。俳諧（いま言う連句）ではいちばん初めの句を発句と言い、独立性を持たすために切れ字を入れる。その発句は単独でも鑑賞されるのであり、これがいま言うところの俳句である。つまり、切れ字がないのは発句ではない。すなわち俳句ではないということになる。

したがって、この場合も「唐崎の松は花より朧かな」とすれば仕損じではなくなる。しかし、芭蕉は「かな」という断定を避けて、「朧であって——」というように、朧なままにしておきたかったのだろう。花より松が朧であったのが面白かったからそう詠んだだけだと、芭蕉自身が言っている（去来抄）。これもルールの上から言えば「仕損じ」の句である。

明月や座に美しき顔もなし　　芭蕉

これは逆に切れ字が二つ入っている。「明月や座に美しき顔もなき」としておけば、切れ字は一つだ。しかし、芸者とか遊女とか、美しいという言葉で言い表すような存在は居ない、風雅を愛する人だけの枯れた味わいの席だということをきっぱりと言いたかったのだろう。そのきっぱりとした感じを切れ字で表したのだろう。

山路来て何やらゆかしすみれ草　　芭蕉

これには、菫を山に詠むべきではないという北村湖春からの批判が出ている。歌学を元にした伝統性の上からいえば「仕損じ」である。

しかし、普段、道端や野で見ているときは何とも思わなかった菫だが、山中での人恋しい気持を味わってきてから接すると何だか心に浸みる、菫というのはそういう花だという、菫の持っている一面を、山と組み合わせたことによって描き出しているのであって、古典的なルールからは外れているが、この「仕損じ」は意味あるものであろう。

歩行《かち》ならば杖つき坂を落馬哉　芭蕉

これは季題が無い。「終《つひ》に季ことば入らず」（笈の小文）と芭蕉自身が嘆息しているように、やはり「仕損じ」である。

こうして見ると、芭蕉は、「毎句あり」とまで言えるかどうかは別として、よく仕損じをしている。しかし、この仕損じは本当に言いたいことがあった場合、従来の約束事を破るのもやむを得ないという積極的な意味を持つ仕損じなのだ。いったん犯した仕損じをずっと続けたりはしていない。

それと、もう一つ大切なことがある。芭蕉の弟子たちはこれを見て、うちは切れ字がなくても良いのだとか、無季でも良いのだなどと言って真似をしたりはしなかったことだ。師匠のやったことに従わなかったのだから、弟子たちの仕損じであるが、これも節度ある立派な仕損じである。

「名人は危ふきところに遊ぶ」というのは、俳句の可能性を発展させるために重要な手段である。師も弟子も、この危うきところに挑戦しなければならない。そして、この仕損じを、俳句の可能性を広げる試みとして認めなければならない。

「下手は仕損じを得せず」というのは、枠の中にいつも留まることを意味している。これは発展性のなさに安住していることだ。これだけは避けなければならない。

ただ、こう述べたからといって、わざわざ仕損じをする必要はない。破壊のための破壊をしてはならないのだ。芭蕉は「毎句あり」と言っているが、芭蕉の句のほとんどは正統的な発句であり、その正当性の中で大きな表現力を発揮するよう努めているのだ。俳句の法則を尊重し、法則に縛られずという自由な境地が大切なのだ。

（「花鳥」二〇一五年一月号）

虚に遊ぶことの大切さ

各務支考の「陳情ノ表」（『風俗文選』所収）に紹介されている芭蕉の言葉に、「虚《きょ》に居て実《じつ》を行ふべし。実に居て虚にあそぶ事はかたし」というのがある。

「虚」というのは架空、虚構、空想、創作の世界である。こうした世界に慣れ親しんでいると、効果的に「実」を描くことが出来る。しかし、「実」だけを求めていると、文学という創作性を必要とするものは作れないのだ。

文学というものは、小説でも戯曲でも詩歌でも、現実を描くものである。ただ、その描き方は現実をそのままなぞった描き方ではない。イソップの寓話には狐や狼が出てきて、さまざまなことを行なったり、しゃべったりするが、これは現実の狐や狼を描こうとしたものではない。人間の姿を、狐や狼に託して描いているのだ。しかも、狐や狼に託するからこそ、人間の持っている業や欲望やずるさや面白さが、より明確に描き出されるのである。つまり、「虚」に居るから「実」が描けるのである。

イソップほどの「虚」でないにしても、文学というものはかならず「虚」を活用することによって現実の真実を描き出している。川端康成は自作『雪国』について、「モデルがあるといふ意味では駒子は実在するが、小説の駒子はモデルといちじるしくちがふから、実在しないと言ふのが正しいのかもしれぬ」（獨影自命）と言っている。越後湯沢に駒子のモデルを見に行って、がっかりして帰ってきた人もいたそうだ。川端康成は、ある女性を見ることによって『雪国』を書いたが、そこには「虚」の部分がずいぶんとあるのだ。そして、その「虚」があるから、駒子を通して女の強さ、弱さ、美しさ、悲しさなどの「実」が書けたのだ。

表現にはこれだけの「虚」が必要なのだ。

ゴッホの向日葵の絵は有名だが、植物図鑑に載っている向日葵の絵と比べてみると、芸術と非芸術の違いがよく分かる。植物図鑑の方がはるかに実際の向日葵の姿を正確に捉えているにもかかわらず、ゴッホの向日葵の方が、植物図鑑の絵を問題にしない圧倒的な存在感を持って私たちに迫ってくる。それは、ゴッホの描いた向日葵はあるところは強調し、あるところはぼやかしというように「虚」が入っているからだ。その「虚」によって向日葵の「実」の姿が描き出されているのである。

太宰治は『富嶽百景』において、「富士の頂角、広重の富士は八十五度、文晁の富士も八十四度くらゐ、けれども、陸軍の実測図によつて東西及南北に断面図を作つてみると、東西縦断は頂角、百二十四度となり、南北は百十七度である。広重、文晁に限らず、たいていの絵の富士は、鋭角である。いただきが、細く、高く、華奢である。北斎にいたつては、その頂角、ほとんど三十度くらゐ、エッフエル鉄塔のやうな富士をさへ描いてゐる。けれども、実際の富士は、鈍角も鈍角、のろくさと拡がり、東西、百二十四度、南北は百十七度、決して、秀抜の、すらと高い山ではない」と言っている。

ところが、私たちが実際に富士に向かい合ったときに受けとる印象をもっともよく伝えている作品は、エッフェル塔のごとき富士を描いた北斎の「富嶽三十六景」ではなかろうか。この作品は裏富士十景を加えて四十六図から成り立っているが、いずれも富士の持つ崇高さ、清らかさ、偉大さ、雄渾さ、親しみやすさ、美しさなどが迫ってくる。中でも有名な「神奈川沖浪裏」や「凱風快晴」等は、富士の威力と美しさがそくそくと伝わってくる。もしこれを、頂角百二十四度に描いたら、どんなすぐれた画家の腕を持ってしても、これ程の感動は与えないだろう。「虚」というものがあるからこそ「実」の富士が描けるのである。

近松門左衛門の有名な虚実皮膜《ひにく》論（難波みやげ）にも「虚」の大切なことが説かれている。見たままを述べたり、絵に描いたりすることが出来る人でも、そのまますぐに芸術的な小説や絵画に進んだりしないのは、「虚」の部分が出来ないという自覚があるからだ。ところが、俳句を作る人だけは「虚」の部分が出来るかどうかの判断をせずに俳句を始める。見たままを言えばよいと思っているのだ。それが、俳句が多くの人に親しまれる理由であるが、本当の意味での芸術があまり生まれない理由でもある。

そこで、芭蕉の言葉が大切になってくる。常に「虚」に身を置いていて、そこから「実」を描こうと心がけることが必要なのだ。「実」ばかりを考えている人に芸術作品は作れない。つまり、実際は晴れた日であっても、ここでは雨が降っている方がいま見ているものが生きてくるのではないかなどと、常に「虚」の世界を体験し、創り続けることが大切なのだ。

客観写生ということを大切にした高濱虚子も、「写生といふものは何でも目で見たものを其まゝスケッチすればいゝといふ風に心得てゐる人がありますが、そんな軽はずみなものではありませぬ」（俳句の作りやう）と言っている。これも「実」ばかりを追いかけて「虚」に遊ぶことを知らぬ人に対する厳しい忠告であろう。

（「若葉」二〇〇九年五月号）

俳句と狂句

俳句という文芸は最初から尊ばれていたものではなかった。むしろ、長い間にわたって蔑視に耐え続けてきたのである。

現在、私たちが俳句と呼んでいるものは、江戸時代には発句と呼ばれていたと一般に言われている。それはそれで一応正しいのだが、逆に、発句と呼ばれるものが全部俳句かと言えば、そうとは限らない。発句と呼ばれるものの中には、雅の文学である連歌の発句も含まれるからだ。したがって、芭蕉は俳諧の発句を連歌の発句と区別するときは、狂句という言葉を使った。

『笈の小文』の冒頭で、芭蕉は自分を紹介するときに、「かれ狂句を好むこと久し」と言う。また、『野ざらし紀行』の旅の途上、芭蕉は名古屋において、野水、荷兮ら名古屋の俳人たちと『冬の日』五歌仙を巻き、これで蕉風を確立したとの評価を後世から受けることになるが、このいちばん初めの発句は「狂句こがらしの身は竹齋に似たる哉」である。

こういうときにわざわざ「狂句」の語を使っているのは、自分の携わっているのが連歌の発句ではなく、俳諧の発句であることをはっきり示そうとしたからである。

芭蕉の努力や葛藤を考えるとき、今日からいちばん忘れられがちなのは連歌に対する意識である。つまり、この時代の俳諧師には、連歌とは違う俳諧という独自の文芸を作り上げるという意識が強くあったのだ。

松永貞徳は、漢語や俗語を使うところに、雅語を用いる連歌との違いを求めた。また、芭蕉の言葉に「春雨の柳は全体連歌なり。田螺取る烏は全く俳諧なり」（三冊子）という言葉がある。春雨に煙る柳というような穏やかな素材は連歌で、田螺を捕る烏というような卑俗な素材は俳諧だというのだ。従来からある歌や連歌に対してどのような独自性を俳諧が持つべきであるかというのが、この時代の俳諧師の課題だった。

芭蕉は、通常は発句という言葉を使う。「発句はとり合はせ物也。二つとり合はせて、よくとりはやすを上手と云ふ也」（篇突）とか、「発句はかくの如く隅々《くまぐま》まで言ひ尽くすものにあらず」（去来抄）とかである。ところが、『笈の小文』のように自分の進んできた道を明確に示すとき、或いは『冬の日』のように俳諧の上に新風を起こすときには、敢えて狂句という語を使った。これは、自分の寄って立つ文芸が、連歌とは一線を画する俳諧であることを明確に示すためであった。

そもそも日本には、和歌という立派な文芸があった。これは『古事記』に載っている素戔嗚《すさのお》尊《みこと》の「八雲立つ出雲八重垣妻籠《ご》みに八重垣作るその八重垣を」という歌から始まると言われている。また、その和歌の上の句と下の句を別々の人間が詠むという連歌が次に生まれた。これは、第十二代景行天皇の皇子である日本武尊《やまとたけるのみこと》を祖とする。日本武尊の「新治《にひばり》筑波を過ぎて幾夜か寝つる」という問いかけに対して、御火焼《みひたき》の老人《おきな》が「日日並《かがな》べて夜には九夜《ここのよ》日には十日を」と答えたのが、始まりである。

和歌を敷島の道というのに対して、連歌はこの故事によって筑波の道と言われる。後に連歌の准勅撰集が作られたときは『菟玖波《つくば》集』という名が付けられたが、それもこの日本武尊の故事によっている。

このように、伝承の世界とは言え、和歌や連歌は生まれた時期の古さや、創始者の偉さも明確化されている。身分、血筋を尊ぶ昔の人の考え方から言えば、これ以上の立派な履歴はない。当然、和歌や連歌に使われる言葉も雅やかなものであった。

こうした立派な祖を持つ和歌や連歌に比べると、俳句は祖も分からないし、いちばん古い作品も分からない。もちろん、勅撰集はおろか准勅撰集のようなものも、一度も作られていない。俳諧の連歌は鎌倉時代あたりから始まったようだが、良き連歌の中へ俗語や卑近な素材や猥雑な表現を持ち込んだものであるので俳諧（ふざけたという意）と呼ばれた。悪《わろ》き連歌とか、狂連歌などとも呼ばれたものであるから、作った人も自分の名を残そうとはしなかったし、周囲も書き留めようとはしなかったのだ。事実、今日わずかに残る『犬筑波集』などの作者不明の俳諧をみると下品で猥雑なものがかなりある。

したがって、勅撰集のある和歌という文芸を一流の芸術とするならば、そこから派生し准勅撰集のある連歌は二流ということになるが、俳諧はそこから大きく引き離されている。さらに実際には、漢詩、漢文、物語、雅文（平安朝の文章）などがこの間に入るのだから、文芸の中だけで数えても、俳諧は八流、九流の文学ということになる。

芭蕉が携わったときの俳諧というのは、こんなものだった。この下等な文芸を和歌や連歌に匹敵するものにするというのが芭蕉の大きな課題だったのである。

ただ、俳諧に対する蔑視感は、芭蕉以後もなかなか抜けなかったようだ。芭蕉より八十年遅れて生まれた上田秋成は『雨月物語』の作者として知られるが、若いころは俳諧に親しんでいた。しかし、人から「歌を詠め、俳諧は賤しい」と言われ、歌を作るようになったという（胆大小心録書おきの事）。最終的に秋成は二千数百首の歌を残し、「歌道の達人」と言われるようになった。芭蕉が俳諧を立派な文芸に育てたあとでも、俳諧への蔑視感はなかなか抜けなかったのだ。

時代がずっと後になって昭和二十一年のことであるが、桑原武夫が俳句は二流の芸術だと論じ、俳人たちから大きな反論がまき起こったことがあった。そのとき、俳壇の大御所であった高濱虚子は、敢えて反論せず、俳句も芸術になりましたかと言ったとも、俳句も二流にまで上がりましたかと言ったとも伝えられている。虚子特有の韜晦趣味もあるのだろうが、江戸時代の俳諧の地位を知っている虚子だからこそその言葉ではないだろうか。むろん、虚子は江戸時代の生まれではないのだが、虚子が育つ過程には江戸時代の価値観を有する人との多くの接触があった。そういう感覚が身に付いている虚子にとっては、俳句を二流とか芸術とか言うこと自体が滑稽だったのではないだろうか。

虚子はこうした俳句の地位を高め、隆盛に導いた近代の功労者だが、早くは芭蕉がこの課題に取り組んでいるのである。

芭蕉は、「西行の和歌における、宗祇の連歌における、雪舟の絵における、利休が茶における、其の貫道する物は一《いつ》なり」（笈の小文）と言う。和歌、連歌、絵画、茶道というそれぞれに優れた芸術を挙げ、これらを貫く精神は一つであると言っているのだ。そして、こう言った背後には、俳諧もまた同じ精神を持っているのだということを芭蕉は言いたかったのである。俳諧は決してくだらないものではない。すべての芸術に共通する精神を持った立派なものだと芭蕉は主張する。そして、その実践が芭蕉の作品となったのだ。

芭蕉の苦労は俳諧を猥雑なものから脱皮させることにあったが、お上品なものにしてしまえば連歌に吸収される。俳諧であることを保ちつつ、優れた芸術に持っていくところに芭蕉の苦心があった。「事は鄙俗の上に及ぶとも、懐しくいひとるべし」（去来抄）という芭蕉の言葉が残っている。俳諧の素材はあくまでも卑俗なものであるが、表現は奥床しくすべきだというのである。たとえば、和歌や連歌では鳴き声を愛でることになっている蛙や鶯を、〈古池や蛙飛び込む水の音〉〈鶯や餅に糞する縁の先〉と詠むというように、伝統に囚われないで詠むようなことが例として挙げられよう。

現在では、かつてなら連歌と呼ばれるような作品も俳句の中に吸収されている。つまり、卑俗でなくても俳句と呼ばれるようになったのだ。俳句が連歌を吸収したということだろうが、これによって俳句の本来性が薄められた感もある。俳句には和歌や連歌が扱わない素材、表現、大胆さ、卑俗性があったはずだ。今のままで良いかどうか、これからの俳句を考えるとき、芭蕉の葛藤のあとをもう一度見直してみることも必要だろう。

（「耕」二〇一二年七月号）

心の味わいを言いとる

芭蕉は、写生句も、挨拶句も、たくさん作っている。しかし、これだけでは芭蕉が超一流の俳人として世に残ることはなかっただろう。写生句というのはどんなに的確に描写していても、偉大なる大自然そのものに比べれば、どうしても存在が小さくなる。大自然のある一部分を再現しただけということになるのだ。また、挨拶句は俳諧師の大切な条件だが、その句の詠まれた場が分からなくなると感動が薄れる。詞書などで補っても、句が作られたときの臨場感を味わうことはむずかしいだろう。

やはり俳句では、作者の心の味わいを言いとるということが何よりも重要になってくる。「講演：芭蕉の求めたもの」の項で触れている〈病雁の夜寒に落ちて旅寝哉〉というような句は、目の前の景物の描写ではなく、作者の心に潜む孤独感や寂寥感を具現化したものである。こういう句が本当の意味で作者の力量を示すことになるし、成功すればそれが代表作となる。心象風景の表出は文学でなければできないことだからだ。

から鮭も空也の痩《やせ》も寒の内　　芭蕉

この句については、芭蕉自身が、「心の味《あじはひ》をいひとらんと、数日腸《はらわた》をしぼる」と言っている(三冊子)。この句は、「から鮭」を写生したものではないし、「空也僧」を描いたものでもない。「寒の内」を詠んでいるのだが、「寒の内」の風景を描写したものではなく、芭蕉が感じている「寒の内」というものがどんなものかという、自分の心の中に湧き出た味わいを表出しているのである。

から鮭は、腐りやすい腸の部分を抜き取ってそのまま干したもので、保存しておいて寒中に薬食いとして食べる。太刀のように腰に差したりすることもあるらしく、乾燥しきって細く硬くなっているのである。つまり、から鮭には、潤い、温かみ、柔らかさなどというものがまったくない。

また、空也とは、京都四条坊門の空也堂に所属する半僧半俗の空也僧のことである。陰暦十一月十三日の空也忌から十二月晦日までの四十八夜、鐘や瓢箪を叩きながら念仏・和讃を唱えて、洛中、洛外の七所の墓所を廻る。歌や俳句などの文芸では「鉢叩き」という言い方でとりあげられることが多いが、ここであえて芭蕉が空也と言っているのは、空也上人そのものを想起させる力があるからだろう。

空也上人は平安時代前期の人だが、京都の六波羅蜜寺の称名念仏の立像によってよく知られている。厳しい修行によって痩せ細った姿である。「空也の痩」というのは、直接的には鉢叩きの痩せた姿を示しているのだが、その背後には空也上人の痩せた姿が重なるのだ。これまた、潤いとか、柔らかみとか、温もりのない厳しい世界だ。

つまり、芭蕉は、寒中に薬食いをする「から鮭」、寒中に厳しい修行をする「空也の痩」を素材として出しながら、そこから生じてくる厳しさ、潤いのなさ、温かみのなさを読者に想起させ、寒というものがどんなものかを描き出しているのだ。写生とか風景描写を超越して、芭蕉が心に抱いている寒そのものを描いているのである。山本健吉氏が『芭蕉　その鑑賞と批評』において「芭蕉の生涯の傑作の一つ」と言っているのももっともである。

芭蕉が「心の味《あじはひ》をいひとらんと、数日腸《はらわた》をしぼる」と言っているのは、自分の心に湧いているものをどう表現しようかということであった。

芭蕉が、胃が痛くなる思いをして作った句は他にもある。

此秋は何で年よる雲に鳥　芭蕉

この句は芭蕉が死ぬ半月ほど前の元禄七年九月二十六日の句だが、弟子の支考の『笈日記』によれば「此句《この》はその朝より心に籠《こめ》てねんじ申されしに、下の五文字、寸々の腸《はらわた》をさかれける也」とある。この句も、秋を詠もうとしたものではない。雲や鳥を描こうとしたものでもない。芭蕉の心にある「何で年よる」という感慨を具現化しようとしたのである。

芭蕉は「雲に鳥」という五文字を得るために腸を裂く思いをしたわけだが、それは自分の心に湧いているものを「寂しさよ」などという説明で読者に伝えようとはせず、感覚的に直接感じ取ってもらおうとするためであった。秋の高い空に浮かんでいる雲に鳥が消えて行くということによって、ここから寂しさ、孤独感、漂泊の人生を浮かび上がらせ、それを「此秋は何で年よる」という衰老の嘆きと重ね合わせたのだ。これによって芭蕉の心にあるものが実感的に読者に伝わるのである。今栄蔵氏は『芭蕉句集』(新潮日本古典集成)において、この句を「作者一代の絶唱の一」と言っているが、確かに首肯できる意見である。山本健吉氏も前掲の書で「この句は芭蕉一代の絶唱である」と言っている。

芭蕉には、〈草の葉を落つるより飛ぶ螢哉〉というような鋭い観察による写生句もある。また、〈涼しさを我が宿にしてねまるなり〉というような場にぴたりと合った挨拶句もある。しかし、私たちが心の底から共感を持ち、感動する芭蕉の句は、「から鮭も」や「此秋は」のような「心の味」を表現した句である。もちろん、近代俳句にもこういう句は多々あり、虚子の〈去年今年貫く棒の如きもの〉なども、平面的な写生ではなく、「心の味」を言いとったものである。

ところが、最近の俳句は見たままを詠んだ句が多く、どうも「心の味」を言いとった句が少ないように思える。「心の味」を表現しようとすると、観念の空回りした句になりやすいということがあるし、文学の上での写生ということが強く言われてきたということもある。しかも、芭蕉でさえ腸を裂く思いをしなければ「心の味」を言いとることはできないのだから、見たままを描写している方がはるかに楽なのだが、俳句というものはそれだけでいいのだろうか。

（「若葉」二〇一〇年二月号）

芭蕉の「さび・細み・しほり・軽み」

　芭蕉は、作者として優れていたばかりでなく、指導者としても卓越した人であった。それは蕉門と呼ばれる弟子達に其角、嵐雪、去来、丈草、支考、許六など多くの人材が輩出したことで分かるし、また、凡兆のように先輩の弟子を凌ぐ輝きを見せながら、芭蕉から離れると精彩をなくしてしまう例があることでも容易に理解できよう。

　芭蕉が自分や弟子の実際の句を批評した言葉は、『去来抄』などの書物によってかなり残っている。その指摘が的確であり、弟子達を納得させる力を持っているのであって、それが、多くの優れた弟子を育てる上で大きな働きをした。そういう芭蕉の指導の中に「さび」「しほり」「細み」「軽み」などの言葉があるのだ。

　俳句に限ったことではないが、絵画でも、音楽でも、どんな芸術でもその良さや特質を言葉でもって表すのは難しい。芸術はそれ自体が動かすことのできない表現の極致なのであって、それを他の表現形態（すなわち、言語）に置き換えれば違ったものになってしまう。だから、芸術の鑑賞は「とても良い」とか「感動した」とかの抽象的なものになりがちである。

優れた指導者である芭蕉は、そういうとき句の特質をなんとか言葉で表現し、それをもって良い句とはどういうものかを相手に知らせようとした。つまり、そういうところから出てくる、「さび」とか「細み」とか「しほり」とかいう言葉は、芭蕉が感じ取ったものの究極の表現なのだ。したがって、この究極の表現もまた他の表現に置き換えられないのだ。芭蕉の評を理解する難しさはここにある。

芭蕉のこうした語は、俳諧（連句）の上に大きな意味を持つのだが、今は発句（俳句）にのみ限定して述べる。

＊　＊　＊

芭蕉の芸術を把握する上で大切な「さび」をまず考えてみよう。与謝野鉄幹の「人を戀ふる歌」には「石をいだきて野にうたふ　芭蕉のさびをよろこばず」という一節がある。芭蕉と言えば「さび」というのが一般的な理解であるが、このさびも単純に寂しいだけではない。

「さび」は、すでに平安時代末期から文芸の評の言葉として使われている。『千載和歌集』の撰者である藤原俊成は、歌の評に「姿言葉さびてこそ見え侍れ」というように「さび」という語を使っている。そして、この「さび」は連歌の時代にも用いられ、芭蕉へと受け継がれてくるのだ。

しかし、芭蕉が言う「さび」とは、従来のものとは少し違っていて、それがどういうものかについては当時の人もよく分からなかったらしく、『去来抄』によれば、野明が去来に向かって「句のさびはいかなる物にや」と聞いている。それに対して去来は、「さびは句の色である。閑寂な句ということでない」と答え、老人が甲冑を身につけて戦場にいても、錦繡を飾って御宴に侍っても、老の姿があるのが「さび」だと説明している。そして、次の句を挙げる。

花守や白き頭《かしら》をつき合《あは》せ　去来

去来は、この句について、芭蕉が「さび色がよくあらわれている」と言ってくれたと言い、ここから「さび」を考えさせようとしている。去来の句は、花守によって、満開の花が背後に示されている。そして、この世でもっとも美しく華やかなものの中に老人の姿がある。この老いの姿によって「さび」が出ているのだ。つまり、寂しい中に（例えば墓地に）老人がいるのでは「さび」にならない。

「さび」は、「さびし」や「さぶ」から来ている言葉だから基本的には寂しいの意であるが、その寂しさが一面的なものであってはならない。そこにふと寂しさを感じさせる彩りが必要なのであり、それが去来の言う「さびは句の色なり」ということなのだろう。

さびしさや華《はな》のあたりのあすならふ　芭蕉

明日は檜になろうと願いつつ、いつまでも檜になれない翌檜《あすなろ》が満開の花の中にある。華麗な背景の中の、願いの叶わない木、これが「さびしさ」というものなのだ。

金屏の松の古さよ冬籠り　芭蕉

これについては支考が「金屏のあたゝかなるは物の本情にして、松の古さよといふ所は二十年骨折たる風雅のさびといふべし」（続五論）と言っている。これも金屏の温かみ、豪華さの中における松の古さが「さび」なのである。

＊＊＊

さて、次は「細み」「しほり」について考えてみよう。

これはいささか厄介な言葉だ。許六は「発句の大事といふは正風体を宗とする也。これ見聞たるところを句作る也。是にてはおほく面白からず。かるがゆへに、幽玄のさび、ほそみへかけて、人の感ずる事をする也」（歴代滑稽伝）と言っていて、平板な描写ではつまらないから「細み」を加え、人が感じるようにするのだという。許六はまた「言葉のかざりにて、ほそみ、しほりなどいふて、益なき事」（俳諧自讃之論）と言って、「ほそみ」「しほり」を単なる飾りとし、これにあまり重きを置いていない。

去来は、「しほりは憐れなる句にあらず。細みは便（頼）りなき句にあらず。しほりは句の姿にあり。細みは句意にあり」（去来抄）と言って次の句を挙げている。

鳥共も寝《ね》入《いつ》て居るか余呉の海　　路通

十《とを》団子《だご》も小粒になりぬ秋の風　　許六

『去来抄』によれば、芭蕉は、路通の句を「この句細みあり」と言い、許六の句を「この句しほりあり」と評したそうだ。去来はこれに続けて「惣《そう》じて、さび・位・細み・しほりの事は、言語筆頭にいひ応《おほ》せがたし。唯、先師の評ある句をあげて侍るのみ。他は推《おし》てしるべし」（去来抄）と言っている。去来も詳しい説明はできず、芭蕉の評した句を挙げて、ここから分かって欲しいと言っているのだ。我々としても「しほり」とか「細み」とかは、芭蕉の示した実物解答から自分なりの答を出すしかない。

＊　＊　＊

最後に「軽み」について考えてみる。これは芭蕉が最終的に到達した境地であるから、残された資料も「しほり」や「細み」より多いし、研究も多い。ただ、芭蕉としてもある時期に一足飛びに「軽み」に飛躍したのではないので、その深化していく経過などを追っていくとなかなかたいへんである。今は与えられた紙幅で述べられる程度の概括的な紹介に留めよう。

「軽み」を考える上で、いちばん分かり易い例は、『去来抄』にある、越人の句に対する芭蕉の意見であろう。

君が春蚊屋《かや》はもよぎに極《きはま》りぬ　越人

この句について芭蕉は、越人の句にまた重みが出てきたと言い、これは上五を「月影」とか「朝ぼらけ」などと置いて、蚊帳の句にすれば良い。それなのに変わらぬ色を君が代に引っ掛けてあるから、句が重くなって綺麗でなくなったというのである。こういう句が「重み」であり、「軽み」とは対極のものなのだ。

つまり、「朝ぼらけ蚊帳は萌黄に極まりぬ」とでもしておけば、君が春を寿ぐという句の背後の意図的なものもなくなり、しかも、蚊帳の色の普遍性から自然と世の平和や永遠性がうかびあがるのである。軽みというのは、なかなか簡単には言えないのだが、このように越人の句の対極にあるもので、観念性や意図的な技巧を排し、あるがままを素直に詠んで、自然とその奥に深い意味が生じるような句である。

木のもとは汁も膾もさくら哉　芭蕉

これは『三冊子』によれば、芭蕉が「軽みをしたり」と自分で言った句である。元禄三年の句であるから最晩年の句ではなく、まだ「軽み」の入口にいる時分の句だ。だが、汁、膾という俗な素材を使い、「汁も膾もさくら」と技巧なしに投げ出すような言い方をし、しかも満開のもとでの花見の浮き立つような気分まで表現しているところは、晩年の芭蕉俳句の到達点を予感させる句である。

この後、芭蕉の句は、観念性や技巧性を排し、淡々と目に触れたものを叙し、しかもそこに深い味わいがあるという方向へ進む。これが「軽み」である。

塩鯛の歯ぐきも寒し魚の店《たな》　芭蕉

この句について芭蕉は「下を、魚の棚とただ言《ごと》たるも自句なり」と言ったという（三冊子）。下の五文字は、特に意味として加わるものはなく、ただ塩鯛のある場所を言っただけである。しかし、ここに「老いの果て」とか「身の細り」などと入れると句が特定の方向に向いてしまう。「ただ言」を置いているから、いろいろな意味の寂しさが読者の心に広がっていくのだ。これも「軽み」の一つである。

もっとも、文芸というものはぴたりと一つのものに固定することはないから、後の芭蕉には

〈旅に病《やん》で夢は枯野をかけ廻る〉のような述懐を吐露した句も現れるのだが、真に芭蕉が求めたものは「軽み」だったのである。

（「俳句」二〇一六年三月号）

不易流行と今後の課題

不易流行とは

不易流行というのは、芭蕉の俳諧理論の中心的な命題とされているが、この不易流行という言葉を直接に論じた芭蕉の文書は存在しない。もともと芭蕉は、自己の俳諧理論を書き残そうとはしなかった人だから、この不易流行についても、弟子たちの論説を中心に考えなければならない。ただ、芭蕉の指導のもとにいた弟子たちにとっては大切な命題であったらしく、向井去来、服部土芳、森川許六、宝井其角など多くの門人達がこれに触れている。

この中で大切なのは、去来の言説と、土芳の言説であろう。

去来は『去来抄』において、「この行脚のうちに工夫し給ふと見えたり」と言って、芭蕉が本格的に不易流行を説いたのは、元禄二年の『おくのほそ道』の体験を経た後であると言っている。ただ、芭蕉は、この旅より十年前、杉山杉風の『常盤屋の句合』に寄せた跋文に「倭歌《やまとうた》の風流、代々《よよ》にあらたまり、俳諧、年々に変じ、月々に新也《あらた》」と言っており、和歌にしても俳諧にしても変化しつつ発展していることを意識している。それが不易流行という的確な言葉を得て、弟子たちに説かれ始めたのが、『おくのほそ道』の旅の終わった元禄二年の冬ということなのだろう。

去来は「師（芭蕉）の風雅に万代不易あり、一時の変化あり。この二つに究《きは》まり、その本《もと》一つなり」（去来抄）と言っており、不易と流行とを根源は一つであると考えているのだが、魯町の質問に対して、不易の句、流行の句と、具体的に句の実例を挙げている。つまり、表現面に現れたものの違いと捉えているのであり、流行の句とは作者の内に特別の趣向があってそれが世に受けたものとし、不易の句は特別な趣向に頼らない故にいつの世にも受け入れられる句としている。

これに対し、土芳は『三冊子』において「師の風雅に万代不易あり、一時の変化あり。この二つに究まり、その本一つなり。その一つといふは風雅の誠なり」と言って、不易も流行も「風雅の誠」が根本にあると言っている。風雅の誠とは俳諧精神と言えば良いかと思う。そして、土芳は、代々の歌人の歌を見ると変化はあるのだが、感動は同じである、これが不易であると言っている。

つまり、土芳は、去来と違って、不易の句、流行の句と分けることはせず、世々の歌は変化しているのであり、それだからこそ歌には永遠性があると言っているのだ。土芳は俳諧についても「行く末、幾千変万化するとも、誠の変化はみな師の俳諧なり」と言う。

現在でも不易と流行とはしばしば議論の対象となるが、おそらく土芳の受け取り方が、芭蕉の意に近いだろうと思われる。物事は変化するものであり、変化するからこそ不易なのだということである。短歌でも俳句でもその時代時代によって変化していく。そして、変化するからこそ、短歌も俳句も永遠の命を保つのである。

流行に対する制約

しかし、不易のためには流行することが大切だという原則が無条件で行なわれると、どんな変化が生じても良いことになってしまう。永遠性を保つための変化には、おのずから元を壊さないための制約が存在しなければならない。短歌は万葉から現代短歌まで時代によってさまざまに変化しているが、五七五七七という形式だけは決して崩さないでいる。これを崩したら短歌ではなくなってしまうからだ。俳句の場合にも、決して崩してはならぬ最低条件があるはずだということを考えておくことは大切だろう。

目を転じて絵画を例にとってみよう。絵画の世界でも、宗教画、印象派、抽象画、キュビズムなど、さまざまな試みがなされている。ただ、絵画である以上、必ず守っているルールがある。それは、タテとヨコという二次元空間の上に制作されているということだ。絵画には奥行きがあり、立体的に見えるほどに描かれた作品もある。それならば、最初から立体的に作れば良いではないかという理屈も成り立とうが、それは彫刻という別の分野になる。絵画の中には今にも動き出しそうな躍動感ある作品もある。それならば、最初から画面が動くように作っておけば良さそうなものだが、動くものは映画といって別の作品分野になる。

絵画がどんなに発展しても固く守っているのは、二次元空間に描かれるということだ。アンディ・ウォーホルの試みは絵画の概念を変えたとまで言われているが、それでも厳密に守っているのはタテとヨコとの二次元空間での試みということである。つまり流行（変化）は大切なものだが、絶対的に守らなければならない厳しい許容範囲というものがあるのだ。

これを俳句の上に論じ換えてみると、俳句として最低限守らなければならない条件は、有季定型ということである。

俳句は俳諧（いま言う連句）の発句が独立したものである。発句は必ず五七五でなければならない。これは連歌の発句の時代から決して乱すことのなかった大原則である。ときとして字余りなどが生じることはあるが、それはあくまでも例外的特殊状況である。

もう一つは季の詞の問題である。遠く南北朝時代の連歌の時代から、二条良基は「発句に時節の景物そむきたるは、かへすがへす口惜しきことなり」（連理秘抄）と言っている。織豊時代の里村紹巴も「発句の事、第一、その時節、相違なきやうにつかまつり候こと肝要に候（中略）四季のほか、雑《ざふ》の発句と申すことはござなく候。俳諧も同然」（連歌至宝抄）と言っている。稀に無季の句が生じることがあるが、それは有季ということを前提にしての特殊例外であった。

よく、無季不定型の短詩形式の作品に対して、俳句と同じ土壌から産まれたものだから同じように俳句と言っても良いではないか、という意見を聞くが、それは違うと思う。

短歌の上の句と下の句を別々の人が詠んだ場合、それは短歌と区別されて連歌と呼ばれた。連歌のなかのふざけたものは、連歌と区別して俳諧と呼ばれた。俳諧の前句付から平句が独立したものは、発句ではないのだから俳句と区別して川柳と言う。このように形が異なれば違う名が付くものなのだ。

名というのは違うものを識別するために使うものである。元が同じなら同じ名で良いというのならば、人間と猿とは区別せず同じ名で呼んで良いということになる。

つまり、何百年にもわたって俳句（昔の言い方なら俳諧の発句）と呼ばれたものは、有季定型のものに限って使われてきたのだ。私たちが有季定型を守ることは、俳句を大切に育てて私たちに残してくれた古人に対する現代人の義務でもある。

私も、個人的には山頭火や放哉の作品は大好きである。だから、こういう形の文芸が発達することは強く望んでいる。ちょうど、俳諧の前句付から生まれた川柳が、独立した名を得て独自の文芸となったように、有季定型を捨てた短い形式の文芸が独自の名を有し、一つの立派な文芸として成長することは大賛成であり、応援したい。ただ、形が違ってしまったのだから、識別のために違う名を使いたいというだけだ。

不易流行という概念は俳句にとっても大切な思想だ。しかし、不易のためには、流行に一定の制限があることが必要だ。それでないと本体がなくなってしまう。我々は俳句という本体を消滅させないように努めつつ、俳句を将来に向け発展させなければならない。それが真の意味での不易流行であろう。

（「俳句界」二〇一九年五月号に加筆）

俳句における抽象性

桜の咲く季節になると、必ずと言ってもいいくらいによく引用される芭蕉の句がある。或る年などは、新聞や雑誌やテレビの天気予報などで数回この句に出会った。私が目にすることができなかったものまで含めると、十回以上引用されているのではないだろうか。

さま〴〵の事おもひ出す桜哉　芭蕉

この句がどうしてこんなにも人々の心を去来するのだろうか。それは、この句が抽象的な表現をしていて、具体的なことを何も言っていないということに起因する。

この句でいう「さまざまなこと」というのは、何を指しているのか、句だけからは見当の付けようもない。それだけに、この句に接した人々は、自分の体験に引きつけてこの句を味わうことができるのだ。ある人は初恋の想い出を思い浮かべるかも知れない。ある人は亡き親をなつかしく思い浮かべるかも知れない。ある人は経済的に苦しかった過去を思い浮かべるかも知れない。こういうさまざまなことがすべてこの句には当てはまるのだ。

これが、「初恋のこと思い出す桜かな」とか「亡き親のこと思い出す桜かな」とかであったら、限定された人の共感しか得られなかっただろう。

この句は、四十五歳の芭蕉が故郷へ帰って、若いころ仕えた藤堂新七郎家の若君良忠の遺児である良長に逢ったときの句である。良長は探丸という俳号を持ち、芭蕉が仕えていたころの良忠と同じぐらいの年齢になっていた。良忠が死んで藤堂新七郎家を離れた芭蕉は、紆余曲折を経て今日に至っているのであり、故主の想い出やその後の苦労など、本当に「さまざまなこと」が頭に思い浮かんだのだろう。それを芭蕉はそのまま「さまざまなこと」と表現した。具体性を持たせなかったが故にこの句は広い意味を持ち得たのだ。芭蕉にはこのように、いろいろな方向に意味を広げて鑑賞できる句がよくある。たとえば次の句もそうだ。

夏草や兵どもが夢の跡　　芭蕉

これは『おくのほそ道』の旅の途上、平泉の高館で源義経とその家来たちを偲んで作った句だが、これも「義経たちの夢の跡」と言わずに、一般的に通用する「兵ども」にしておいたために普遍性が生じた。つまり、硫黄島やサイパン島など太平洋戦争の戦跡に立った人もこの句を思い浮かべるし、川中島でもよい。また、スポーツの熱戦が終わったグラウンドを見てこの句を口ずさむ人もいるかも知れない。

つまり、具体性を持たせないために広い範囲に応用の利く句となるのだ。
近代俳句でもこういう句は多い。

去年今年貫く棒の如きもの　虚子

有名なこの句にしても、去年今年を貫くものを具体的に示さず、「棒の如きもの」と大づかみに言っているから、読む人はそれぞれの感慨をもってこの句を受け取ることができる。これが、意図が貫いているとか、仕事がとか、時の流れがとかいうように具体的に示されてあったら、読者の受け取り方も限定されるだろう。

時ものを解決するや春を待つ　虚子

これも、隣人とのトラブルだとか、自分の病だとか、生活苦だとかの具体性を持たせていないために、それぞれの人がそれぞれの問題をこの句に当て嵌めて考えることができる。俳句ではなるべく具体的に示すことが大切だとよく言われるが、具体性を避けて抽象的な表現をすることによって、誰にも共感を持たれる句を作り出すことができるのである。
さて、このように論じてくると、人を信じやすい人、人から影響を受けやすい人は、ここからすぐに、俳句は具体的な描写はしない方がいいのだ、抽象的な表現に徹すれば皆に愛される良い句が作れる、という結論を持ってしまうおそれがある。そういうところから俳句の禁忌が生まれたり、偏った考え方が横行したりするのだ。

右に述べた抽象性の大切さという論が間違っているとは、私は思わない。これはこれで正しいと思っている。しかし、これだけが正しくて、これに反するものはすべて間違っているとも思わない。これに反することもまた正しいのだ。

芭蕉や虚子が、写実を基礎においた優れた句を多く作っていることはよく知られている。

草の葉を落つるより飛ぶ螢哉　芭蕉

白牡丹といふといへども紅ほのか　虚子

このような句は客観写生に徹したところから生まれた名句である。これらの句における具体的表現は、螢の飛び方や牡丹の色合いをきわめて鮮明に描き出している。

つまり、俳句にはいろいろな面があるということだ。

あまりにも写生、写生と言っている人が多いと、抽象的表現の大切さを主張したくなる。そしてまた、抽象的表現ばかりとる人が増えてくれば、写生による具体的表現の重要さを述べる人も出てくる。こうして、俳句のいろいろな面に照明があてられ、俳句の幅が広がってくるのだ。この一つの面だけに従って自分の俳句の幅を狭めるのは愚かなことであるし、また、その一つの面に反発して、その反対意見にのみ固執するのも愚かなことなのである。

（「若葉」二〇〇九年四月号）

挨拶性というもの

俳諧は座の文芸と言われる。これは現在の俳句の時代になってもよく言われることで、共に作り、批評し合うことが大切と考えられている。

ただ、現在では、座になくてはならぬ挨拶性ということが希薄になっている。江戸時代ではこれはとても重要だったのだ。その挨拶性ということを少々考えてみる。

現代の俳人なら、次の二句のうちどちらかを句会に出すということになれば、当然、「荒海や」の句を選ぶだろう。この方が優れているからだ。

文月や六日も常の夜には似ず　芭蕉

荒海や佐渡によこたふ天の河　同

ところが芭蕉は、「文月や」の句は直江津の句会に出しているが、ほぼ同じ時期に作られた「荒海や」の句は、曾良の『俳諧書留』に書き留められているだけで、句会には出していない。

それは「文月や」の句が挨拶性を持っているからだ。この句は七月六日の直江津の句会に俳諧の発句として出されたものだが、明日が七夕だと思うと、その前日である今夜もさすがに普段とはどこか違いますねという意にかぶせて、直江津の皆さんにお会いできた今晩は特別な夜ですねという挨拶になっているのである。だから、句会に出せる。しかし、「荒海や」の句にはそういう挨拶性はない。俳諧の発句ではこの挨拶性が重要なのだ。

このように、座と挨拶性とは切っても切れない密接な関係にある。座に居れば同座する人へ心遣いをすることは当然だから、そこに挨拶性が生まれるのもまた必然なのである。

こうした挨拶性がもっとよく分かる例があるので、それを示してみよう。

　あふみや玉志亭にして、納涼の佳興に瓜をもてなして、発句を
　乞ふて曰く、句なきものは喰ふことあたはじと戯れければ

初真桑四にや断《わら》ン輪に切《きら》ン　はせを
初瓜やかぶり廻しをおもひ出ヅ　ソ良
三人の中に翁や初真桑　不玉
興にめでゝこゝろもとなし瓜の味　玉志

元禄二年晩夏末（芭蕉真蹟懐紙）

芭蕉は『おくのほそ道』の旅で、酒田に六月十三日（陽暦七月二十九日）から六月二十五日

（陽暦八月十日）まで滞在した。もっとも、このうち十五日から十八日までを使って象潟へ行ってきたので、酒田は十三日と十四日の二泊と、十八日から二十四日までの七泊で、合計九泊である。

この酒田滞在中の六月二十三日に、芭蕉と曾良は玉志宅に招かれたのだ。玉志は、酒田の大問屋鐙《あぶみ》屋惣左衛門であろうと言われているが、曾良の日記には「近江ヤ三良兵へ」と書かれているので、同一人物かどうか若干の疑問が残る。鐙《あぶみ》屋を曾良が近江《あふみ》屋と当て字をしただけかも知れない。名前の方は、江戸時代は正式の名のほかに通称や商売上の名などいろいろあるから、惣左衛門が正式名で三良兵へ（三郎兵衛）が通称である可能性もある。

そして、不玉は伊東玄順という酒田の医師である。芭蕉たちは酒田に着くとまず不玉に連絡し、滞在中は密接に交流した。

つまり、この懐紙の四人の関係を整理すれば、芭蕉は客人であり、曾良はそのお供であり、不玉は酒田の人間で芭蕉たちの世話をした人であり、玉志は今日の座の主であるということになる。

その座に瓜が出された。

この瓜は、主客である芭蕉を意識してのものであることは当然である。芭蕉としては、まず自分がこの接待を喜ばなければならない。芭蕉の句は最初に「初真桑」と置いて、真桑瓜が出されたことを喜び、それを四つに割って食べようか、輪切りにして食べようか、と浮かれた様子を表現している。主客である自分が喜ぶことが、座の主である玉志への最大の礼儀であるからだ。

次の曾良は芭蕉のお供であるから、瓜を饗された側とは言え、立場としてはお相伴である。芭蕉ほど自分が前面に出て喜ぶわけにはいかない。しかし、客人の一人であることは事実なのだから、やはり喜びの表現は必要である。そこで、初瓜とは嬉しいですね、子供の頃かぶり廻しをしたことを思い出しますよと、控えめに喜んでみせたのだ。

かぶり廻しとは、一口かぶりついて食べたものを次に廻し、次の人がまたそれにかぶりつくという、ひとつの物を皆で食べるやり方である。おそらく曾良は子供の頃、遊び疲れ、喉が渇いたときなどに、畑の瓜を取って皆と食べた記憶があるのだろう。

さて、次の不玉は酒田の人間である。芭蕉と曾良を迎えた人であるから接待役の立場であるが、いま玉志亭に居るという意味では客人である。したがって、瓜を喜んでいるばかりではいけないし、瓜を出した本人でもないから謙遜するわけにもいかない。そこで、私たち三人の中に芭蕉先生が参加してくださり、共に初真桑を楽しんでくださっているという、芭蕉と同席している喜びを表した。

そして、最後の玉志は瓜を出した本人であるから、当然その瓜が客人に気に入ってもらえたかどうかが一番の気がかりである。玉志の句は、興に乗って瓜を出したのですが、この味が心配ですと言っている。

こうしてみると、この四人がそれぞれ自分の立場をきちんと認識して、それに合った句を出していることが分かる。それぞれの句は、単独で見た場合、それほど優れた句というわけではない。芭蕉の句にしても、単独で鑑賞したらとうてい名句とは言えないだろう。ただ、座との調和という点で言うと、各人の句がそれぞれ実に良く座と調和している。挨拶性を大切にする芭蕉が、わざわざこれを自分で懐紙に書き留めておいた理由も分かるような気がする。

俳句について、座の文学であるとか、挨拶性の文学とかいうことがよく言われるが、現在では、ここまで座における自分の立場を意識して、それに合った句を出すということは行なわれていないと思う。かろうじて贈答句において挨拶性が残っているが、贈答句は一対一の関係であり、単純な関係にある。この懐紙のような座の句は多分現在では生まれないだろう。その意味では、座の文学も挨拶性もすでに失われたと言わざるを得ない。

（「花鳥」二〇一五年十月号）

句の解釈の広がり

俳句は短い文学形式だから、すべてが言い尽くされていない。そのため、いろいろな解釈が生じるし、句が作られた情況などが勘案されて解釈が決まることも多い。

田 一 枚 植 て 立 去 る 柳 か な　　芭蕉

この句は、『おくのほそ道』の旅において、芭蕉が西行ゆかりの柳（遊行柳）に立ち寄ったときのものである。ところで、この句はどう解釈したらよいのだろうか。

素直に解釈すれば、田んぼを一枚植え終わって立ち去った柳であることよ、ということになる。実際、この十七文字からはそれ以上のことは受け取れないだろう。

ただ、この解釈は現実には成り立たない。というのは、柳は植物だから、田を植えたり、立ち去ったりはしないのである。そうすると、右の第一の解釈は間違いだということになる。そこで、次に第二の解釈が生じる。

柳が田を植えたり、立ち去ったりしない以上、この「柳かな」の「柳」は田を植えたり、立ち去ったりする人間を指しているのだろう。田を植えるのは早乙女である。早乙女をなぜ柳と言ったかというと、柳は女性的な柔らかさを感じさせる木であるし、柳腰という女性に使われる言葉もある。つまり、この「柳」は柳腰の早乙女を指しているのだろうということになる。

そうするとこの句の解釈は、田んぼを一枚植え終わって立ち去った柳腰の早乙女たちであることよ、という意味になる。これで一応筋の通る解釈ができあがった。

しかし、これにも疑問が生じる。これでは田植の風景を述べた句ということになるが、早乙女が田を植えるのは当たり前であり、植え終われば立ち去るのも当然である。それをわざわざ十七文字で言ったところで、果たして文学になるのだろうかという疑問である。

それに、芭蕉は西行ゆかりの柳を訪ねてきたのである。それなのに柳が早乙女のことだとすると、西行ゆかりの柳は句の上から消えてしまう。どこの田んぼの情景でもよいことになってしまう。それではまずいので、ここはやはり柳は植物であって、それも西行ゆかりの柳ではないだろうか。

こうして、第三の解釈が生まれる。植物の柳が田を植えたり、立ち去ったりしないものである以上、この句の「植えて立ち去る」は柳にかかる連体形ではなく、ここで切れる終止形なのではないか。つまり、早乙女たちが田を一枚植えて立ち去ったというのと、「柳かな」は切り離して考えるべきだろうというのである。そうすると、この句は、早乙女たちは田を一枚植えて立ち去った、あとには西行ゆかりの柳が残っている、という意味になる。

ところがこれに対して、第四の解釈が生じる。早乙女たちが田を植えて立ち去った、あとには柳がある、では、芭蕉が西行に対して持っている思い入れが生きてこないではないかというのである。『おくのほそ道』では、この句の直前に、常々この柳のことを聞かされていたことが述べられ、「いづくのほどにやと思ひしを、今日此《この》柳のかげにこそ立《たち》より侍《はべり》つれ」という文章があるのだ。つまり、ようやく念願を果たしたという強い気持のあとに、この句が掲げられているのだ。

この文章をもとに句を考えると、句の「立ち去る」は直前の文章の「立ち寄る」に呼応するものでなくてはならない。そう考えると、句の「立ち去る」の主語は芭蕉なのだということになる。「田一枚植えて」は早乙女の動作であり、「立ち去る」は芭蕉の動作なのだ。

つまり、この句は、今日この柳に立ち寄ることが出来たという芭蕉の感慨を受けて、西行に思いを馳せているうちに、気がつくともう早乙女は田を一枚植えてしまった、そんなに時間がたったのかと、名残惜しいが自分もこの柳のもとを立ち去ることにする、という意味になる。これで、柳に対する芭蕉の思い入れも十分取り入れた解釈、ということになった。

しかし、これではまだ終わらない。第五の解釈がある。それは、「植えて立ち去る」という言葉遣いで、「植えて」の主語と「立ち去る」の主語が別々であるというのは無理だということである。この句は結びに「かな」を置いて、頭からすらすらと言い下した句であるから、途中で主語が変わったりはしないというわけだ。つまり、「植えて立ち去る」全体の主語は芭蕉だということになる。もちろん、現実には早乙女たちが田を植えているのだが、その早乙女に自分を同化させて、柳の精への自分の奉仕の姿を思い描いているのだという解釈である。

まだこのほかにも、柳の精が田に舞い降りて、田一枚を植えて立ち去っていくという説とかもある。

このように考えてくると、この句の真の解釈はどれかということが分からなくなってくる。そして、それ以上に分からないのは、俳句というのはどこまで考えて解釈すればいいのかということである。

俳句に携わっている人は、句会での互選などで、常に俳句を解釈し、評価することが習慣になっている。そして、主宰など俳句の上で認められている人は、多くの句の中から良い句を選び出す作業を常に行なっている。そういうとき、このように深く多角度的に一つの句を考えているだろうか。第一、互選の場合や、投句されたものを選する場合には、名は伏せてあって、作者が分からないのはもちろん、作られた情況などもまったく分からない。詞書があれば、句の背景について或る程度のことは分かるが、普通は詞書はつけない。

普段の私たちは、周囲の俳句について、ほんの表面的な意味だけの理解で評価しているのではなかろうか。

（「若葉」二〇〇九年八月号）

芭蕉はなぜ句が少ないか

今日、俳句を作る人たちは芭蕉を大先達として尊敬し、自分たちもそれに連なる者と考えている。それは決して間違いではないのだが、そこから、芭蕉の作った句と現代の自分たちの作る句が同じものだと見なすようになると、それは間違いだと言わざるを得ない。それは端的に言えば、俳諧の発句と現代俳句の違いということになる。芭蕉の句には挨拶句が多いが、それは俳諧（いま言う連句）の席での発句として作られたものが多いからだ。この点だけでも、一句ずつを独立して作る現代俳句とは大きく異なる。

そのことを、芭蕉の句の数の少なさという点から考えてみよう。芭蕉の句の数は約一千である。約というのは正確に数えることが不可能だからである。

たとえば、『笈の小文』に〈日は花に暮れてさびしやあすならふ〉という翌檜を詠んだ句があるが、『笈日記』や『蕉翁句集』には〈さびしさや華《はな》のあたりのあすならふ〉という句がある。私は、〈日は花に暮れてさびしやあすならふ〉をあとで直したものが〈さびしさや華《はな》のあたりのあすならふ〉であろうと思っているが、これを一つと数えるか、二つと数えるかで全体の数が違ってくる。

また、『笈の小文』の須磨のところには、〈月はあれど留守のやう也須磨の夏〉という句と〈月見ても物たらはずや須磨の夏〉という句が並んで載っている。「留守のようだ」というのは「物足りない」ということを表す表現だから、この二つの句はまったく同じことを言っている。おそらく芭蕉は、この二つのうちのどちらか一つを消すつもりだったのだろう。『笈の小文』は未定稿であると思われるが、そのため、どちらの表現がよいか考えるために二つ書き付けておいたものが残ってしまったのだろう。

しかし、『笈の小文』は、門人の乙州の手によって芭蕉没後に出版されたものが今日に伝わっているのであって、それには厳然と二つ並んで載っているのであるから、これを一つと数えてしまってよいものか、迷うところだ。このように一つ一つを考えていくと、全体の数がかなり動くことになる。

現在のところ、『校本芭蕉全集』（富士見書房刊）の発句篇には、存疑と誤伝を別にして、九八〇句が載せられている。これを芭蕉の発句の数と一応考えておいてよいだろう。

さて、芭蕉の句で、現在残っている中でいちばん古いと考えられているのは、「二十九日立春なれば」という前書を持つ〈春や来し年や行きけん小晦日〉である。これは『千宜理記《ちぎりき》』（延宝三年刊）に載っているのだが、延宝三年以前に二十九日が立春であった年は寛文二年であり、そのとき芭蕉は十九歳にあたるから、制作年次の明らかな芭蕉句の中ではいちばん古いということになるのだ。

一方、芭蕉の句の最後の作品は、誰もが知っている〈旅に病《やん》で夢は枯野をかけ廻る〉で、五十一歳の作である。もっとも、この句を作った翌日、夏に作った〈清滝や浪にちりなき夏の月〉を〈清滝や波に散り込む青松葉〉に変えると言っており、芭蕉が最後に心に掛けていた句は清滝の句であるが、これは改作なので、最後の句は「旅に病で」の句と言ってよいだろう。

つまり、芭蕉は十九歳から五十二歳までの生涯で九八〇句作ったことになる。今日まで伝わっていない作品もあるだろうが、まあそれを加えても、一口に千句と言っておけばよいと思う。そうすると芭蕉は三十四年間に一千句ということになり、一年平均二十九句ほどということになる。

これはいかにも少ない。芭蕉の生涯には何をしていたか分からない時期があって、その時期は作品も残っていないので、芭蕉の動静がよく分かるようになった時期、すなわち、芭蕉が『野ざらし紀行』の旅によって蕉風を確立したという四十一歳（貞享元年）から、亡くなるまでの足かけ十一年間の作品数を調べてみよう。すると七三七句ということになり、一年平均六十七句ということになる（実は制作年次不詳の句もあり、この数字は正確ではないのだが、一応の目安にはなろう）。さすがに晩年の十一年間は充実しているとはいえ、やはり現代の俳句作者に比べれば数が少ない。

こうしたことは、芭蕉が俳諧（いま言う連句）の作者であったということを理解しなければ説明が付かない。『猿蓑』巻之五には四つの歌仙が載っており、そのうちの前の三つは俳諧史上の最高傑作と言ってもよいほどの優れたものだが、いずれも芭蕉は脇をつとめている。つまり、芭蕉の発句は一つもないのだ。芭蕉が俳席で発句を出すこともよくあるが、その場合でも、歌仙が一巻作られる際の芭蕉の発句作品は一つということになる。現代作者に比べて発句の数が少ないのは当然と言えよう。

もちろん、芭蕉の時代にも一句だけを独立して作る、あるいは鑑賞するということはあった。『猿蓑』の巻之一から巻之四まではそういう作品が並んでいる。芭蕉の句もそこに四十句入っているのであって、これは其角や去来が二十五句、嵐雪は五句というのに比べると断然多い（凡兆が一番多く四十一句）。つまり、芭蕉の発句作品は決して少なくはないのだが、俳諧（連句）という形式が芭蕉にとっては主であったのだ。芭蕉自身も「発句は門人の中、予にをとらぬ句する人多し。俳諧においては老翁が骨髄」（宇陀法師）と言って、俳諧こそが自分の真髄であることを語っていた。

そして、このことは内容面にも影響している。芭蕉の句に挨拶吟、即興吟が多く、また、その場の状況が理解できないと意味のよく分からない句もあるのは、俳諧の発句としてその場に合うものをその場で作っているからだ。芭蕉の句の六十三％には前書があるというのも、こうした事情による。

現在、私たちは芭蕉の発句だけを見ていることが多いが、そこだけで現代俳句と比較すると芭蕉の大きな部分が隠れてしまうことに留意しなければならない。

（「若葉」二〇〇九年三月号）

芭蕉の創作姿勢

一

私たちが芭蕉から学ばなければならないことは多いが、特に挙げる必要のあるのは、句を作るにあたっての真摯な姿勢であろう。

芭蕉は決して天才肌の人ではない。楽々と句を生み出すような人ではないのだ。どちらかと言えば不器用で、それを克服するために努力を重ねた人なのである。上島鬼貫の七周忌追悼集である『俳諧むなくるま』（一七四四）の跋文によると、「芭蕉は習得の上手、鬼貫は生得の上手」と言われたとある。上島鬼貫が生まれついての才能を持っていたのに対して、芭蕉は努力によって能力を獲得していった人と言われていたのだ。芭蕉の努力ぶりは他から見ても分かるものであった。

その芭蕉がどのように自分を磨き上げていったのかの実例として、まず次のような例を挙げてみよう。

我が草の戸の初雪見んと、余所にありても空だに曇り侍れば急ぎ帰ること
あまたたびなりけるに、師走中の八日、はじめて雪降りけるよろこび

初雪や幸ひ庵にまかりある　　芭蕉（貞享三年）

これによると、この年、芭蕉は初雪を自分の庵で見ようと決めたのだ。そのために、余所にいても空が曇ってくると急いで自庵へ戻る、ということを何度も繰り返したのである。これは別に、初雪を見るのに自庵がいちばん適しているということではない。初雪はどこで見ても美しいし、庵より景色のよい場所は他にいくらもあろう。芭蕉が、初雪を自分の庵で見ようと決めたのは、初雪に対する神経の研ぎ澄ましを意図してのことであった。

余所にいても、空が曇ってくると庵に帰るというほどに初雪への気持を保ち続けると、実際に初雪に接したときに、初雪の印象が強く心に沁みるだろう。その強い印象を大切にすれば、いずれは初雪についての良い句が作れるようになるのだ。こうして、芭蕉は素材の一つ一つを強く心に沁み込ませることによって、対象を把握する力を強め、自分の表現力を高めようとしているのである。

人間は普通に生活していると、刺激のないままに過ごしがちである。刺激のない生活から鋭い句は生まれない。そこで、芭蕉は日常の生活の中に自分で刺激を生じさせているのだ。そし

て、初雪を自庵で見なければならないというように、自分の生活に緊張感を作っている。その緊張によって精神の鋭さを維持しようとしているのだ。

初雪に限ったことではない。貞享四年（芭蕉四十四歳）には、月を見ようと常陸の鹿島根本寺へ行っているし（『鹿島詣』の旅）、貞享五年（芭蕉四十五歳）には、月を見るために木曽路を旅して更科の里へ行っている（『更科紀行』の旅）。わざわざ八月十五日（陰暦）に合わせて目的地に出かけていくことによって、月への期待と、実際に見た月の印象とが強く心に沁みるようにしているのだ。

鹿島では雨に降られてしまったが、夜中に雨が止んで月が現れた。〈月はやし梢は雨を持ちながら〉がそのときの吟である。更科では天気に恵まれ、〈俤や姨ひとり泣く月の友〉の句を得た。

これも、漫然と平凡な生活をしていたら、こういう句はできなかったろう。

二

『更科紀行』の旅をした翌年の四十六歳のときには、芭蕉は『おくのほそ道』の旅に出ているが、このときも今年の月は敦賀で見ようと決めている。そして、敦賀で月を見るまでの間、ひたすら月の句を作り続けている。

奥州から北陸へと旅を続けてきた芭蕉は、福井で等栽を訪ね、月見の旅へ誘った。

名 月 の 見 所 問 は ん 旅 寝 せ ん

福井を出て芭蕉と等栽は浅水《あそうず》の橋を渡った。これは清少納言が『枕草子』に「橋は、あさむづの橋」と書き留めた橋である。地名としての「あさむつ」に、時刻の「朝六つ」をかけて、早朝に月見の旅に出発した意を表している。

あ さ む つ や 月 見 の 旅 の 明 け 離 れ

さらに歌枕として知られる玉江を過ぎる。

月 見 せ よ 玉 江 の 芦 を 刈 ら ぬ 先

遠くには比那が嶽が見える。今は日野山と呼ばれており、武生の南東にある七九五メートルの山である。

明 日 の 月 雨 占 な は ん 比 那 が 嶽

それから芭蕉たちは湯尾峠《ゆのお》を越える。ここは、昔、茶屋の主人が、疱瘡の神様から、お前の子孫は疱瘡にかからないようにしてやると言われた伝説から、疱瘡のお守りを売っているのである。芭蕉の句は、痘瘡《いも》の神も月の明るさで正体を隠すことができなかったのだろうという意味である。

月に名を包みかねてや痘瘡《いも》の神

次に、湯尾峠南東の山で、木曾義仲の城があった燧が城を眺める。芭蕉は最終的に、義仲の墓がある大津の義仲寺に自分も埋葬されたように、義仲が好きなのだ。

義仲の寝覚めの山か月悲し

越の中山では、芭蕉は西行を思い浮かべている。西行は東海道の小夜の中山で「年たけてまた越ゆべしと思ひきや命なりけり小夜の中山」と歌っているが、芭蕉は越の中山で月を見ることができたのは、これもまた命というものだと句に詠んだ。

中山や越路も月はまた命

そして、ついに敦賀に着き、気比の海を望むことが出来た。八景は特定の地域の景色の良いところを八つまとめたものだ。句意は、それぞれの地方で優れた景色を見てきたが、気比で見る月は格別だということである。

国々の八景さらに気比の月

八月十四日、芭蕉は気比の明神に詣で、遊行上人が神前に砂を撒く古からの行事のことを聞いた。

月清し遊行の持てる砂の上

十四日は快晴で、美しい月を見ることができた。そこで芭蕉は、明日も晴れるだろうかと宿の主人にいうと、「北陸地方の天気は予測がつきませんよ」と言われる。はたして翌日は主人の言葉通り雨となってしまった。

名月や北国日和定めなき

その晩、宿の主人の話を聞く。「この海には釣鐘が沈んでいます。国主が海士を入れて探させたのですが、龍頭が下になって、さかさまに沈んでいますから引き上げることが出来ないのです」とのことである。

月いづく鐘は沈みて海の底

浜では雨のために相撲も中止になってしまった。

月のみか雨に相撲もなかりけり

敦賀の古名は角鹿《つぬが》という。

古き名の角鹿や恋し秋の月

芭蕉は福井から敦賀までの旅の間に作った十三句のすべてで月を詠んでいる。いかに月に精神を集中しているかがよく分かろう。しかも、この中で『おくのほそ道』に入れたのは〈月清し遊行の持てる砂の上〉と〈名月や北国日和定めなき〉の二句だけで、他は捨てている。句の選び方にもまた厳しい態度を貫いているのだ。

三

芭蕉は常に精神の緊張を保とうとしている。そのためには旅が良い刺激となる。だから、芭蕉はよく旅をした。

芭蕉の言葉に「東海道の一筋も知らぬ人、風雅におぼつかなし」（三冊子）というのがある。旅をしたことのない人は芸術の上でも期待できないというのだ。

実際、芭蕉はよく旅をした。しかも、その旅は物見遊山的なのんきな旅ではない。芭蕉は『野ざらし紀行』の旅に出るとき次のような句を作った。

野ざらしを心に風のしむ身哉

野ざらしとは、野に晒された白骨死体のことである。白骨の中ではしゃれこうべが特に人間であることをはっきり示すので、髑髏を指す。句意は、野ざらしになることを心に決めて旅立とうとすると、そういう心に折からの秋風が沁みるというのである。いうまでもないことだが、季語は「風沁む」で秋である。

ところで、この句についてはいささか大げさだという人もいる。というのは、芭蕉はこれから東海道をのぼって故郷に向かうのである。東海道は芭蕉にとって初めての道ではない。故郷から江戸へ出てくるときにも通ったし、その後も京都や故郷伊賀上野へ往復している。そして、東海道は当時もっとも治安状態が良く、宿泊施設などもととのっていた。さらに、この旅のときは千里《ちり》という同行者もいた。野ざらしになることを覚悟しなければならないような旅ではないのだ。

それにもかかわらず、芭蕉は野ざらしになることを覚悟して、と言っている。

つまり、芭蕉は安易な気持での旅をするつもりはないのだ。旅は楽しいこともあるが、不測の事態も起こり得る。路頭に倒れるということもないわけではない。そういう旅の持つ楽しさや怖さのすべてを感じ取りながら旅をしようとしているのだ。野ざらしになるのを覚悟で旅に出るというのは、最悪の事態も起こり得るということを心に沁み込ませて旅を経験しようということなのだ。

安閑とした弛んだ気持で旅をしても、何も得るところがない。道に迷うかも知れない、悪い人に出会うかも知れない、宿が得られないかも知れない、病気になるかも知れない、こうした旅の不安定さを全身で感じ取りながら旅をしたいのだ。これによって、自分の神経が研ぎ澄まされ、感受性が高まるのだ。芭蕉の旅に対する姿勢というのはこういうものなのである。

こういう真剣な気持で芭蕉は『野ざらし紀行』の旅を行なったから、蕉風開眼の句と言われる〈道のべの木槿は馬にくはれけり〉が得られたし、名古屋では、その地の俳人たちと俳諧（連句）を行ない、その地は後に蕉風発祥の地と言われるようになったほどの成果を挙げた。〈猿を聞人《きくひと》捨子に秋の風いかに〉〈みそか月なし千とせの杉を抱《だく》あらし〉〈手にとらば消《きえ》んなみだぞあつき秋の霜〉〈露とく〱心みに浮世すゝがばや〉〈海くれて鴨のこゑほのかに白し〉〈春なれや名もなき山の薄霞〉〈水とりや氷の僧の沓の音〉〈山路来て何やらゆかしすみれ草〉〈辛崎の松は花より朧にて〉などなど、この旅において芭蕉の得た名句は数多い。

後に、芭蕉は奥州を旅して『おくのほそ道』を書くが、この中には旅での病の苦しみ（飯塚）、道に迷っての当惑（石巻）、宿のない哀しさ（石巻）、山賊の恐怖（山刀伐峠）などが適宜散りばめられて描かれている。芭蕉にとっては、旅というのは、こうしたさまざまな要素のあるものだったのだ。それだからこそ、旅は神経を研ぎ澄まし感受性を高める手段なのである。

芭蕉の多くの句が旅において作られているのは、当然と言えよう。

芭蕉と言えば旅というようによく言われる。しかし、芭蕉の行動範囲はそれほど大きくない。『おくのほそ道』の旅を別にすれば、その他の旅は、だいたい上方と江戸とを行ったり来たりしているだけだ。芭蕉は中国地方、四国、九州へは行っていない。須磨明石が西の限界であり、江戸から北は『おくのほそ道』の旅で一度通っただけである。芭蕉の尊敬する西行や宗祇が極めて広い範囲で旅をしたのに比べると、ずっと小さい。

それにもかかわらず、芭蕉が旅の詩人と言われるのは、旅を自己の文芸の上に大きく役立たせているからだ。芭蕉は、『野ざらし紀行』の旅で一流の俳人になり、『おくのほそ道』の旅で超一流の俳人になったと言われるように、旅を糧として自分を大きく飛躍させているのだ。

それほどに自分を旅によって成長させることができたのは、旅のすべての要素を感じ取る姿勢が芭蕉にあるからだ。初雪や月のすべてを感じ取ろうとする姿勢と同じように、旅からもそのすべてを感じ取ろうとしている。芭蕉は常に感受性を高めるように努めていたのだ。

四

芭蕉の旅の全貌を見てみよう。芭蕉の本当に芭蕉らしい時期は、四十一歳で蕉風を確立した『野ざらし紀行』の旅から、五十一歳で死ぬまでの足かけ十一年間である。その間の旅をまとめてみよう。

貞享元年（一六八四）に芭蕉は『野ざらし紀行』の旅に出た。八月中旬に江戸を立ち、九月八日、伊賀上野に着き、その後、大和、山城、近江、大垣、桑名、名古屋を回って俳席を重ね、伊賀上野に戻って越年する。そして、翌年春、奈良を経て京へ出、一か月余り、京、湖南を漂泊の後、桑名、熱田などに俳席を重ねながら東下、甲州路を経て、四月末江戸に帰着する。四十一歳から四十二歳へかけてのことである。

翌貞享三年（四十三歳）は旅をしなかったが、『野ざらし紀行』の旅における蕉風開眼の成果として〈古池や蛙飛び込む水の音〉の句が披露される。旅に出なくても心の緊張を保とうとして、先に紹介した初雪へのこだわりの〈初雪や幸ひ庵にまかりある〉の出来事は、この年十二月十八日のことである。

翌貞享四年の八月十四日、四十四歳の芭蕉は、月見と鹿島神宮参拝を兼ねて、常陸の鹿島へ旅立ち、八月十五日、鹿島根本寺にて月見をする。『鹿島詣』の旅である。

さらにこの年、芭蕉は『笈の小文』の旅に出る。十月二十五日に江戸を立ち、伊賀上野に向かい、故郷にて越年。翌貞享五年二月、伊勢神宮参拝。三月、杜国とともに出発し、吉野、高野山、和歌浦、奈良、大坂、須磨、明石を巡遊する。四月二十三日に京へ入り、五月上旬まで滞在し、そののち大津に移り、六月上旬、大津を立ち、岐阜、名古屋、熱田、鳴海をめぐる。

そしてこの年（貞享五年=元禄元年）、『笈の小文』の旅が終わって、岐阜、名古屋に滞在していた芭蕉は、八月十一日、越人を伴って木曽路に入る。十五日、更科の里にて月見をし、その後、中山道を経由して八月末、江戸に帰着する。これは『更科紀行』の旅で芭蕉は四十五歳であった。

翌元禄二年（一六八九）、四十六歳の芭蕉は『おくのほそ道』の旅に出る。日光、白河、仙台、松島、塩竈、石巻、平泉、尿前、尾花沢、立石寺、出羽三山、酒田、象潟、新潟、高岡、金沢、小松、山中、永平寺、福井、敦賀を経て、八月二十日ごろ大垣に出る。

『おくのほそ道』の旅はここまでだが、芭蕉はなおも旅を続け、九月六日は伊勢へ行き、十二月に京都。その後、膳所にて越年する。

翌元禄三年、芭蕉は一月三日、伊賀上野へ帰る。四月六日より七月二十三日まで幻住庵に滞在し『幻住庵記』を書く。その後九月末まで義仲寺に滞在し、さらに、伊賀、京、湖南を経て、大津の乙州宅にて越年する。

翌元禄四年、四十八歳の芭蕉は、一月、故郷伊賀上野へ行き、四月十八日より五月五日まで嵯峨の落柿舎に滞在して『嵯峨日記』を書く。五月、凡兆宅、六月、義仲寺。そして、九月二十八日、江戸へ出発。十月二十九日、江戸に帰着する。

翌元禄五年と元禄六年は旅をしなかったが、元禄七年、五十一歳の芭蕉は五月十一日に最後の旅に出る。伊賀上野、京、ふたたび伊賀上野を経て九月九日大坂に着き、病を発し、十月十二日申の刻（午後四時）、大坂で永眠する。

こうしてみると、芭蕉の最後の十年間は、旅の比重が非常に高いことが分かる。これは、今まで述べてきたように、神経の研ぎ澄ましへの努力の現れなのである。

こうして常に緊張感を持ち続け、感受性を高め続けたからこそ、芭蕉は超一流の俳人となったのである。

（「舞」二〇一六年一月号）

Ⅲ

文芸独自の価値

高濱虚子は、太平洋戦争の終わった後の或る時期、「今度の戦争は俳句にどういふ影響を与へたか」という質問をしばしば受けた。それに対して虚子は常に「俳句は戦争に影響されません」と答えたという（虚子自伝）。

これは日本文学の伝統から言えば当然の答である。

古くは、藤原定家に「紅旗征戎非吾事」（紅旗《こうき》征戎《せいじゅう》吾が事にあらず）という有名な言がある（明月記）。「紅旗」とは平家のことで、平家討伐は自分とは無関係だというのである。日本の社会は、この源平の大乱の後、鎌倉幕府が成立し、貴族政治の時代から武家政治の時代へと移り変わる。定家はその歴史的変動の真っ只中を生きた人である。もっとも、この言葉を書き記した治承四年（一一八〇）の段階では、貴族政治の終焉というところまでは予測できなかったであろうが、現在の不穏な社会の動きは、文芸に携わる自分にとっては無縁のものと考えているのだ。

日本の文学は、昔から政治や社会への介入を避けてきた。これは芭蕉と中国の詩人との比較からもよく分かる。

『野ざらし紀行』の中に、中国の詩人杜牧の詩を踏まえて、句作を行なっている部分がある。

廿日余りの月かすかに見えて、山の根際いとくらきに、馬上に鞭をたれて、数里いまだ鶏鳴ならず。杜牧が早行の残夢小夜の中山に至りて忽ち驚く。

馬に寝て残夢月遠し茶のけふり

作者自身が「杜牧が早行の残夢」と種を明かしているとおり、これは杜牧の「早行」という詩を踏まえたものだ。「早行」は次のような詩である。

垂鞭信馬行　　鞭ヲ垂レテ馬ニ信《まか》セテ行ク
数里未鶏鳴　　数里イマダ鶏鳴ナラズ
林下帯残夢　　林下残夢ヲ帯ブ
葉飛時忽驚　　葉飛ンデ時ニ忽チ驚ク
霜凝孤鶴迥　　霜凝リテ孤鶴ハルカニ
月暁遠山横　　月暁ニシテ遠山横タハル

僮僕休辞険　僮僕険ヲ辞スルコトヲヤメヨ
何時世路平　何レノ時カ世路平カナラン

芭蕉が中国文学からどこを利用したかを見ると興味深い。「馬に寝て」の句の前書の部分の「馬上に鞭をたれて」は杜牧の詩の「鞭を垂れて馬に信《まか》せて行く」を少し変えたものだし、「数里いまだ鶏鳴ならず」はそのままだし、「小夜の中山に至りて忽ち驚く」は「葉飛んで時に忽ち驚く」をその場に合わせて変更したものだ。さらに、杜牧の詩にある「残夢」という語は句の中に用いられているし、句の中の「月遠し」は「月暁遠山横」の利用だ。

つまり、これだけ杜牧の詩を利用していながら、杜牧が最終的にいちばん言いたかった「僮僕休辞険　何時世路平」には触れてないのだ。杜牧には世に対する批判がある。それを出すために、のんびりと馬に任せて進んでいる状況下に「葉飛時忽驚」を出し、ここから僮僕を鼓舞する方へ進んでいるのだ。

しかし、芭蕉は今の世の中に対する批判を自作に入れるつもりはまったくなかった。文芸は文芸としての価値を発揮すべきで、社会に従属する道具ではないのだ。

こうしたことは、芭蕉だけの特徴ではない。

今度は物語の分野に目を転じると、宣長の「もののあはれ論」に出会う。宣長もまた、物語を政治や社会道徳の道具とはせず、文芸としての価値だけを考えた。

宣長以前においては、人々は『源氏物語』の価値を認めるのにいろいろと苦労した。そのため、好色の戒めになるとか、仏教への導きになるとかという理由付けで、『源氏物語』の価値を認めようとした。しかし、宣長はこういう世の道徳に従属する文学の評価の仕方を否定し、敢えていうならば源氏君は好色のゆえに出世したとも言えるではないか、『源氏物語』から好色の戒めなどを読み取るのは間違いだと主張した。そして、物語はそこにある「もののあはれ」を感じ取れば良いのであって、文学の価値はそこにあるとした（源氏物語玉の小櫛）。

こうした日本人の一貫した思想をみると、我が国の文人達は文学を文学のためだけに考えている。文学を社会のために役立てようとか、逆に、社会の変動によって文学の価値が変わるなどとは考えないのだ。

俳句の世界においても、一時的にはプロレタリア俳句や、反戦俳句があったが、結局は、俳句は俳句そのものの価値ということに帰結するのだ。つまり、俳句は社会の変動に従属するものではなく、常に俳句独自の価値を持っているということだ。

俳句の価値を最大限に認め、それを発展させてきた虚子は、戦争などによって俳句が左右されるとは思っていないのだ。

（「若葉」二〇一四年十一月号）

詞書について

現在では、句に詞書を添えるということは、ほとんどと言って良いくらい行なわれない。これには現実的な理由もあるのであって、或る結社の主宰者の言によれば、前書を認めるとその分だけ行数を使うことになる、そうすると、入選欄からはみ出る人が出てくる、ということだ。確かに、主宰者としてはなるべく多くの人の句を載せたいだろう。一行の詞書があれば、その分だけ句の数が少なくなるのだから、句以外のことに行は使いたくないだろう。

それと、前書を認めると、前書でもって句の内容を説明してしまうことが多々ある。これも俳句の独立性を損なうので、前書を避けたいのだ。

しかし、過去の作品例を見ると、詞書を使って効果を上げている句が多くあり、この形を捨ててしまうのはもったいないと思う。もともと和歌でも俳句でも、場に合うということが大切だった。その場にいた人はその状況が分かるが、のちのちに書き残す場合には場の説明が必要になり、それを詞書で示しているのだ。

実際、詞書がないと句のイメージを広げることが完全にはできない場合がある。芭蕉の代表作の一つである〈閑さや岩にしみ入る蟬の声〉にしても、予備知識が何も無ければ、この「岩」は海岸にある岩だか、オーストラリアの真ん中にある巨大な岩だか分からない。

しかし、今日、そんなばかげた連想をする人がいないのは、この句の詠まれた場所を我々がよく知っているからだ。いうまでもないことだが、これは『おくのほそ道』に次のように載っているのである。

山形領に立石寺と云《いふ》山寺あり。慈覚大師の開基にして、殊に清閑の地也。一見すべきよし、人々のすゝむるに依《より》て、尾花沢よりとつて返し、其間《その》七里ばかり也。日いまだ暮《くれ》ず。麓の坊に宿かり置《おき》て、山上の堂にのぼる。岩に巌《いはほ》を重《かさね》て山とし、松栢年旧《としふり》、土石老て苔滑《なめらか》に、岩上の院々扉を閉《とぢ》て、物の音きこえず。岸をめぐり、岩を這て、仏閣を拝し、佳景寂寞として心すみ行《ゆく》のみおぼゆ。

閑さや岩にしみ入る蟬の声

これによって、この句の作られた場がよく分かり、私たちはこの句の世界をほぼ正しく理解することが出来るのである。

もちろん、『おくのほそ道』の文章は詞書ではない。ただ、句の作られた状況を示しているという点では詞書と同じ役割を果たしている。実際、『おくのほそ道』の中にある句には、地の文で状況が示されているために、内容がよく分かり、価値が増している句が幾つかある。地の文によって句の価値が増し、句によって地の文のすばらしさが増すのが、『おくのほそ道』の魅力なのである。

『おくのほそ道』ほどでなくてもよいのだが、句の作られた状況を示す詞書はもっとあってよいと思う。森川許六の言葉に「前書といふは、その句の光を添ふることとなり」（俳諧問答）というのがあるが、詞書によって価値を増す句は多いと思う。

次の其角の例を見てみよう。

牛島三遶の神前にて雨乞するものにかはりて
夕立や田を見めぐりの神ならば
翌日雨ふる
宝井其角

牛島とは向島のことである。三遶は「みめぐり」で、三囲《みめぐり》神社である。あるとき其角が三囲神社のあたりを散歩していたら、農民たちが雨乞いをしていた。其角はそれに協力することになり、「田を見廻《みめぐ》るという名の神ならば、夕立を降らせてやってください」という句を詠んだのだ。其角の自筆句帖である『五元集』には「翌日雨ふる」とあるので、本当に雨が降ったらしい。こうしたエピソードを知ると、この句の魅力が増す。この場合も、句だけが示されたのではあまり面白くないだろう。
詞書によって句が魅力的になる例をいくつか挙げてみよう。

　一茶坊の東《あづま》へかへるを
雁はまだ落ちついてゐるに御かへりか　大伴大江丸

　碧梧桐天然痘にかかりて入院するに遣す
寒からう痒からう人に逢ひたからう　正岡子規

　明治四十一年九月・修善寺にあり。十四日東洋城より電報にて「センセイノネコガシニタルヨサムカナ」と漱石の「我輩は猫である」の猫の訃を伝へ来る。返電
ワガハイノカイミヨウモナキススキカナ　高濱虚子

　碧梧桐とはよく親しみよく争ひたり
たとふれば独楽のはぢける如くなり　高濱虚子

　まつりのあとのさびしさは
新涼の身にそふ灯影ありにけり　久保田万太郎

Tさん急逝　先日は吟行会で

落葉浴び落葉を踏んでゐられしに　　草間時彦

これらの句は詞書を取ってしまったら、まったく魅力が無くなる。しかし、俳句は場というものが大切で、場に合わない句は良くないのだ。したがって、場を示すことは俳句の大切な要件とも言えよう。

俳句に光を添えるこんな良い手段があるのに使わないのは本当に惜しい。詞書を復活させたいものだ。

（「花鳥」二〇一五年十一月号）

俳句の善し悪しは説明できるか

俳句は短い文芸だから、その少ない言葉から読者がどのように思念をひろげるかによって、句の評価が異なってくる。句の評価が両極端に分かれることも珍しくないのであって、そういう例で有名なのは子規の句に対する評価だろう。

鶏頭の十四五本もありぬべし　正岡子規

この句について斎藤茂吉は「ひそかにおもふに、子規の写生説の実行は此処まで到来したのであつた。ここに到つて、もはや芭蕉でもなくまた蕪村でもない」（昭和十八年『正岡子規』）と言って、この句をほめている。

一方、高濱虚子は句会でもこの句を採らなかったようだし、虚子が編纂した『子規句集』（昭和十六年、岩波文庫）にもこの句を入れていない。そして、昭和二十九年の「玉藻」の研究座談会でも、「茂吉がほめたので有名になったようですが、私はそれほどに思いません」と言っている。

この両者の間にさまざまな意見が存在する。

この句の価値を否定する意見は、志摩芳次郎の言うごとく、「この句は単なる報告であって、この調子で俳句を作れば矢鱈に出来るだろう」（昭和二十四年「子規俳句の非時代性」）という点に集約できるだろう。志摩芳次郎は〈花見客十四五人は居りぬべし〉〈はぜ舟の十四五艘はありぬべし〉などという例を示しているし、斎藤玄は〈鶏頭の七八本もありぬべし〉〈枯菊の十四五本もありぬべし〉と作ってみせている。〈鶏頭の十四五本もありぬべし〉を高く評価するのなら、なぜこれらの句の価値を認めないのかということなのである。

しかし、言葉を入れ替えれば駄句になってしまうのは当たり前で、「古池や子供飛び込む水の音」や「大川や蛙飛び込む水の音」が駄句だからと言って〈古池や蛙飛び込む水の音〉が駄句だということにはならない。

それでは、この句の価値を認める論理なら説得力があるかというと、これも簡単にはいかない。どうしても抽象的になってしまうのだ。たとえば加藤楸邨は「単なる客観の描写などでは断じてない。主観も客観も区別せられない、それ以上のものである。自然を、見て見て、見抜いてゐるのである」（昭和十六年「真実感合」）と言っているが、それではどういう場合なら、「自然を、見て見て、見抜いて」いないことになってしまうのかということは分からない。

山口誓子は、「鶏頭が立つてゐる。群つて立つてゐる。十四五本に見える。あはれ、鶏頭は十四五本もあるであらうか——鶏頭を、さう捉へた瞬間、子規は、鶏頭をあらしめてゐる空間の、その根源にあるものに触れたのである。自己の『生の深処』に触れたのである」（昭和二十四年『俳句の復活』）と述べているが、これでは、斎藤玄の示した「鶏頭の七八本」だったら、「その根源にあるものに触れた」ことにならないことになるが、それはなぜかの説明がつかない。

子規には鶏頭を詠んだ句はたくさんある。その全部はとても挙げきれないので、本数と組み合わせて詠んだ句だけを取り上げてみる。

鶏頭の一本残る畠かな
二三本鶏頭咲けり墓の間
芋引かれ豆ひかれ鶏頭二三本
鶏頭の四五本秋の日和哉
筑波暮れて夕日の鶏頭五六本
鶏頭の十本ばかり百姓家
鶏頭の十四五本もありぬべし

こうしてみると、子規は鶏頭を詠むにあたって、一本から十四五本まで、色々な数の鶏頭を詠んでいることが分かる。ここへ、大野林火の「無骨で強健な植物は十四五本という大雑把な数えが、数の上でも、もっとも鶏頭らしいということである」〈昭和四十二年『近代俳句の鑑賞と批評』〉という意見を当て嵌めてみると、右のうち〈鶏頭の十四五本もありぬべし〉だけが良くて、他は一本だったり、十本だったりするから駄目な句であると一応は理由づけられる。しかし、鶏頭を見て本数を推定するときは、十四五本以外の数字が使えないものだろうか。

「ありぬべし」に注目する論もある。室岡和子は「眼前の十四、五本の鶏頭の一群が『ありぬべし』の表現を得て、実際の風景から一転して心象風景に変換するところに特色がある」〈平成二年『子規百首・百句』〉と言っており、山下一海は「〈ありぬべし〉には鶏頭の実態をたしかにとらえ得たという確信が感じられる。つまり〈ありぬべし〉には眼前の景と作者の内心の見事な交わりがある」〈平成四年『俳句で読む正岡子規の生涯』〉と言っている。

しかし、「ありぬべし」に注目しすぎると、先に挙げた志摩芳次郎や斎藤玄の示した句々もまたよいものだということになってしまう。これらの句々はすべて「ありぬべし」を有しているのである。

こうして見てくると分かることだが、俳句を評価するときには、その良さも悪さも論理立てては説明できないものなのだ。この言葉がよく働いているとか、この表現が見事だとかと言っても、それは自分の感覚に沁みた場合に言っているのであって、論理が先にあってのことではない。結局、俳句の評価というのは、一読したとき、そこから自分の心に沁みるものが感じられたかどうかである。

だから、俳句の選者というのは難しい。人が感じられない奥行きを句から感じ取る能力が大切だし、逆に人が珍しさなどから感心する句を、本当の良さはないと感じ取ることも重要だ。長年の修練によってそうした感覚を身につけた人が、指導者になったり、選者になったりするのであるが、それでも評価が分かれることが多い。

（「若葉」二〇一五年七月号）

句境を広げる工夫

俳句を作り続けていると、どうしても素材や内容が限定されたものになってくる。私たちの行動や体験はそんなに変化に富んだものではないから、だんだんと句の素材が狭くなってくるのだ。したがって、ただ目に触れたものとか、身辺に生じた事柄とかだけを詠むという身辺雑記的な句が、時とともに次第に多くなってくる。しかも、世の中には、目に触れたことだけを言ってさえすれば俳句になると思っている人たちがいるし、それを奨励している結社もあるから、そういうところで句を作り続けていると、俳句が小さく小さくなってしまう。つまり、マンネリズムである。

よく、自分の俳句について、本当にこうだったのです、などと言う人がいるが、これがマンネリズムに落ち込んだ証拠である。本当であったかどうかは、報道の場合には大切なことだが、芸術の場合には価値とは無関係である。芸術の場合には、そこからどのような感覚的世界が広がるかということが価値と繋がってくるのだ。

身にしむや亡妻の櫛を閨に踏む　蕪村

例えばこういう句の場合、本当にあったことではない。蕪村の妻は蕪村より先に死んだりはしていないのだ。したがって、これは完全なフィクションであるが、うっかり亡き妻の形見の櫛を、かつて睦み合った夫婦の寝室で踏んで折ってしまったという状況設定によって、秋のしみじみとした寂しさが読者の心に湧いてくるだろう。読者の心に湧くこのしみじみとした寂しさというのが芸術的感興なのである。

逆に言えば、事実という点ではこの句に価値はない。この句をもとに、蕪村は妻に先立たれたなどと伝記を書いたら誤りである。この句は伝記資料としてはまったく役に立たないのだが、秋に感じる心のわびしさを描いたという芸術的な点では大きな価値を持つ。

文学の価値は、事実かどうかではなく、感覚から生じる心象世界の拡がりの大きさによって決まるのだ。

このためには、自句で表現したいことに沿うように、句の中にフィクションを持ち込むことも必要となる。芭蕉が「俳諧といふは別の事なし、上手に迂詐《ウソ》をつく事なり」（俳諧十論）と言ったのも、文学の虚構性の大切さのことである。

ところが、目に触れたもの、身辺に生じたものだけを句にすることに慣れた人は、こういう虚構性を生み出すことができない。芭蕉はその危惧を、「虚に居て実《じつ》を行ふべし。実に居て虚にあそぶ事はかたし」という言葉で言っている。事実だけを追いかけている人は、文学という虚構の世界に遊ぶことはできないのだ。だから、文学に携わる人は常に虚という空想的世界に遊ぶ癖を付けておいて、それを文学に表現するときに実《じつ》というリアル表現をしなければならないのである。

ただ、現実問題として常に空想的な句を作ることは難しい。しかも、空想だと誰にも分かるような嘘は、芭蕉の言う「上手に迂詐《ウソ》をつく」ということにはならない。現実味を持ったリアリティのある虚構でなければならないのだ。

そこで、昔から人々は虚の世界に遊ぶためにいろいろな試みをしている。歌の世界にも屏風歌というのがあって、画中の人物の心になって歌を詠んだりする試みがあった。これによって、僧侶が女の気持になって恋の歌を詠むというように、自己の体験外のことも歌に詠むことができた。

俳句の世界でも、画賛という形で句を作ることがあった。

庵に掛けんとて句空が書かせける兼好の絵に

秋 の 色 糠 味 噌 壺 も な か り け り　　芭蕉

兼好が「後世を思はん者は糂汰瓶《じんだがめ》一つも持つまじきことなり」（徒然草）と言ったのを踏まえての絵の世界を詠んだ句である。

また、歴史上の出来事を句の素材にすることもある。

花盛り六波羅禿見ぬ日なき　蕪村

朧夜や吉次を泊めし椀のおと　成美

蕪村の句は『平家物語』に出てくる禿《かぶろ》を詠んでいる。平家に叛意を抱く人間を告発するために市中に放たれた密偵である。また、夏目成美の句は、牛若丸を奥州に伴う金売り吉次を詠んでいる。

また、他の人の句をヒントに自句を作るということもあり得る。こうすれば自己の体験でなくても句にできるのだ。蕪村は、芭蕉の〈人声や此道帰る秋の暮〉をもとにして、

春雨やものがたり行く蓑と笠　蕪村

と作っており、〈秋深き隣は何をする人ぞ〉をもとにして、

我を厭ふ隣家寒夜に鍋をならす　蕪村

という句を作るというような試みをしている。

芭蕉も短歌をもとに作句することがあり、大僧正行慶の「つくづくと春のながめのさびしきは忍につたふ軒の玉水」という歌をもとにして、

春雨や蜂の巣つたふ屋根の漏り　芭蕉

という句を作っているし、また、藤原俊成の「夕されば野辺の秋風身にしみて鶉鳴くなり深草の里」という歌から次のような句を作っている。

桐の木に鶉鳴くなる塀の内　芭蕉

このように、俳句作者たちは句境の拡がりを求めて種々の試みをしている。其角は謝観の「巴峡秋深　五夜之哀猿叫月」から、〈声かれて猿の歯白し峰の月〉を作ったし、芭蕉は『白氏文集』に見える「病蚕」という語から〈五月雨や蚕わづらふ桑の畑〉という句を作っている。

これらの句の世界はいずれも作者の実体験ではない。虚の世界の体験からの作である。こうした試みによって、自分の作る句の世界が拡がり、狭い体験からばかり句を作るという弊を逃れることができるのだ。自分の乏しい体験を超えて句境を拡げなければ、本当の良い句は生まれない。

（「若葉」二〇一〇年十二月号）

写実というもの

明治の工芸師の作品展があったとき、その精緻さとリアルさに感動した。中でも凄いのは安藤緑山の象牙細工で、柘榴、蜜柑、柿などが作られているのだが、象牙を細工しただけでなく彩色してあるので、本物そっくりである。傷ついている部分もそのままに再現してあるので、普通に見たら象牙だとは思えない。そして、圧巻は太い大きな象牙を使って作成した筍である。筍の皮の産毛のような毛や、皮のめくれた様子や、筍の先端の柔らかい皮の尖りまで実に精巧に彫られている。もちろんこれも彩色してあるので、どこから見ても筍である。明治期に海外に輸出され、西洋人を驚かせたそうだが、さもありなんと思われた。

緑山については詳しいことが分かっておらず、弟子もとらなかったため後継者が居ないので、現在ではこの精緻な作品の作り方は分からないのだそうである。ともかく象牙を彫って、ここまで実物にそっくりなものを作り上げる技術には私も感動した。

さて、展覧会場を出ると、展示されていた作品の写真を売っているコーナーがあった。緑山の作品の写真を買おうと思ったが、見ると完全に筍の写真である。筍そっくりに作られた作品の写真だから、筍そのものの写真と区別がつかない。結局写真は買わなかった。

ここで、改めて考えてみると、私たちは何に感動したのだろうか。それは、作品を作り上げる技術について感動したのである。表現されたものに対する芸術的な感動とは少し違う。もちろん技術は尊敬すべきもので、緑山の技術を無価値だなどという気はまったくないが、俳句を通して芸術的表現ということを考えている私には、芸術とは何かという問題を突き付けられたような気がした。

緑山の筍と実物の筍を並べた場合、どこが違うだろうか。見る人のすべては、緑山の筍を見て、象牙をここまで実物そっくりに彫り上げ、彩色したという技術に感動するだろう。人々は技術に感動するのだ。本物の筍は当然あるがままだから何の感動も呼ぶまい。

しかし、ここで本物の筍を見つめた場合、緑山の筍とは違うものが得られるのではないか。筍のみずみずしい生気、美味しそうな感じ、植物の生きている香り、掘り取られてしまった無残さ、こういうものが私たちに迫ってこよう。対象物の発するこうした諸要素によって、そのものの存在感が生じるのであり、それを再現してみせるのが芸術ではないだろうか。こうした諸要素は、あまりにも実物そっくりに作られたものにはかえって失われるのではないか。

ここで私たちは、『難波みやげ』における、近松門左衛門の示した命題を思い出す。

或る人が近松に向かって、歌舞伎の役者は「実事に似るを上手とす」と言って、家老は本当の家老に、大名は本物の大名に似ることが大切だと言った。それに対して近松は、それは芸というものを知らない説だと言った。舞台の上の家老は顔を紅脂白粉で飾っているのだが、実物の家老がそんなことをするだろうか。また本物の家老が顔を飾らぬということで、立役が髭は生え放題、頭は禿げたままで舞台に出て芸をしたら、それが慰みになるだろうかというのである。近松は、「芸といふものは実《じつ》と虚《うそ》との皮膜《ひにく》の間《あひだ》にあるもの也」と言うのであって、これが虚実皮膜《ひにく》論である。

近松はさらに例を挙げる。さる御所方の女中が或る男に強く恋し、恋しいあまり、その男の木像を作らせた。「色艶の彩色はいふに及ばず、毛の穴までをうつさせ」というように精巧に作らせたのだが、あまりにも実物そっくりであるためかえって興ざめして、女はその像を捨ててしまったというのだ。芸術というものは、「本の事に似る内に、又大まかなる所あるが、結句芸になりて人の心のなぐさみとなる」と近松は言う。

これと同じことは他の分野の芸術家も言っているのであって、絵画については、土佐光起が「すべて画をかくに、墨画ばかりによらず、極彩色なりとも、大方あつさりとかくべし。模様調はざるがよし」（本朝画法大伝）と言っている。また、歌については、正徹が「言ひ残したる体なるが歌は良きなり」（正徹物語）と言っている。

そして、俳諧については、芭蕉が「発句はかくの如く隅々《くまぐま》まで言ひ尽くすものにあらず」（去来抄）と言っている。芭蕉はまた、「俳諧といふは別の事なし、上手に迂詐《ウソ》をつく事なり」

（俳諧十論）とも言っているのである。

優れた絵画や彫刻や、舞台の上の人物などは、決して実物の精密なコピーでない。必ずそこに実物と違うところ、即ち、虚《うそ》がある。その虚が芸術を成り立たせているのだ。その虚の部分から、実物以上の雰囲気と存在感が生じているのである。対象を実感させる虚を作る。それが芸術作品を作るということなのだ。

（「若葉」二〇一四年九月号）

文語と口語

現代においても、俳句は文語を用いて表現されることが多い。俳句は昔から伝わってきた文芸形態だから文語が似合うという理由もあるだろうが、もっと簡単に言ってしまえば、口語より文語の方が格調高く感じられるという感覚があると思う。

冗談でママをおんぶし
あまりにも軽くてショック
三歩でやめた

これは、啄木に倣って三行に表記してあるということに留意しなくても、啄木の歌のパロディであることがすぐ分かる。これは枡野浩一著『石川くん』から引用した。元歌は誰でも知っているものだが、一応、左に啄木の示した原文どおり三行で示しておく。

たはむれに母を背負ひて
そのあまり軽《かろ》きに泣きて
三歩あゆまず

枡野氏の歌の場合は、わざと口語体を使うことによって、深刻な内容を滑稽味に置き換えた試みであるが、そのことはいまちょっと脇に置いておく。そしてまた、どちらがどちらのパロディかということもいまは考えずに、この二つを対等に並べて比較してみよう。

そうすると、言っている内容はまったく同じであることに気付く。つまり、文学というものが、表現されている内容によって感動の大きさや質が左右されるのであれば、この二つはまったく同じ感動を読者に与えるはずである。

ところが、この二つから受ける印象はずいぶん違う。

原作である啄木の歌は、現在でも多くの人を感動させているように、母を哀しく思う情が強く伝わってくる。ところが、これは枡野氏の意図なのだが、前者の歌はいかにもふざけているように感じられる。くり返すが、パロディだからという条件はいま除外して、純粋に独立した歌と考え、内容を重視して受けとめてもである。

この違いがどこから生じるかといえば、啄木の歌は文語体であり、枡野氏の歌は口語体であるという一点に結論を集約することが出来るだろう。

つまり、文語体というのは荘重な響きを持っているのであり、その荘重な響きで表現を行なえば、表現それ自体の力が増すのである。現在、俳句において（短歌もそうだが）もっぱら文語体が用いられているのはこうした理由による。

虚子の〈帚木に影といふものありにけり〉を、「帚木に影というものがあったなあ」と置き換えたり、山口誓子の〈一隅に香水立ちてかをるなり〉を「一隅に香水立ってかおってる」と置き換えたりしたら、まったく印象の違ったものとなろう。五七五のリズムの持つ文芸的な強さというものがあるから、散文に堕することは免れているものの、叙述文的なものになってしまっていると言えるだろう。

俳句が読者に強く働きかける力を持つということのためには、文語的表現を欠かすことはできない。文語が私たちの生活の周辺からだんだんと消えていっても、俳句の中には残り、それなりの役割を果たすだろうと思う。

文語的表現はこのように大切なものだが、逆に、口語的表現の持つ軽さを生かす試みも昔からよく行なわれた。

古典俳句における口語的表現は呟きのような親しみやすさが感じられる。

そよりともせいで秋立つことかいの　　上島鬼貫

立秋とはいうもののまだまだ暑さが続いていて、そよりとも風が吹くことはない。これでも秋になったと言えるのかよと心の内で不満を呟く。こういう軽い味わいは口語表現の方が似合うだろう。これを文語的に表現したら荘重になりすぎて、なんだか天下の一大事を論じているようになる。

一茶坊の東《あづま》へかへるを
雁はまだ落ちついてゐるに御かへりか　大伴大江丸

これも、もう帰ってしまうのかという軽い不満が、口語表現を用いることによって、深刻化せず親しみの情をもってのものとなっている。文語だとかなり強い不満となろう。
現代の俳句作者でも、口語表現を効果的に使っている人を何人か見出せる。中でも、池田澄子さんは口語表現の特徴を最大限に使い切った句を作っている。

じゃんけんで負けて蛍に生まれたの　池田澄子
ピーマン切って中を明るくしてあげた　同
想像のつく夜桜を見に来たわ　同

「じゃんけん」の句の場合でいうと、口語の軽さと、じゃんけんという素材の軽さがうまく合っている。この世に生を享けた存在は実に多くを数えるが、それらは何が原因で、どうなってそういう生物に生まれたのだろう。おそらく、ほんのちょっとしたことで人間に生まれたり、爬虫類に生まれたりしているのではないだろうか。そのちょっとした要因を軽く「じゃんけん」と表現しているのだ。しかも、これが口語表現だから、じゃんけんが出てきても不自然ではない。じゃんけんで勝った方は人間に生まれたのだろうか、パンダに生まれたのだろうかと思うと微笑ましい。

これを文語表現で行なうと、輪廻転生とかＤＮＡだとかいう厳かな重苦しいことになってしまう。所詮この世の有為転変はほんのちょっとしたことで動いているのだと考えるには、じゃんけんという軽い素材と、口語表現という軽い手段がぴったり合っているのだ。

ただ、こうした口語表現も俳句の大切な表現手段だと思うが、使いこなすのはかなり難しい。文語表現の方が誰でも使えてそれなりの効果を上げることが出来る。現在の俳句の主流が文語なのはそうした理由によるのだろう。

（「若葉」二〇一〇年七月号）

ＨＡＩＫＵの可能性

ごく最近まで俳句は日本独特の文芸だと思われていたのだが、最近では世界的に流行しているらしい。

星野恒彦氏の『俳句・ハイク――世界をのみ込む詩型』（本阿弥書店刊）によると、現在、ハイクは、アメリカ、イギリス、オーストラリア、ニュージーランド、フランス、ベルギー、オランダ、イタリア、クロアチア、ルーマニア、スペイン、ギリシャ、インド、中国、さらには南米、アフリカなど、五十カ国以上に広がり、約三十種の言語で作られているという。

こうしたことは日本人として誇らしく感じることだが、お互いにどの程度理解し合っているのだろうと考え始めると、私には皆目見当がつかない。

つまり、言語を使った芸術が他の言語に移せるのだろうか、という疑問から遁れられないのである。絵画や音楽は直接的に人の感性に訴えかけるから、国境を越えての理解も可能である。しかし日本の江戸時代の浮世絵がヨーロッパの絵画に大きな影響を与えたのも分かる気がする。しかし、文学の場合はどうだろうか。

ドストエフスキーの『罪と罰』は、ロシア人だと声を上げて笑ってしまうところが何カ所もあると聞いたことがある。私は一時期、ロシア文学に凝って、ドストエフスキー、トルストイ、ツルゲーネフ、チェーホフなどを（もちろん日本語訳で）読みふけったことがある。ドストエフスキーは全集で読んだからほとんどを読破したと言えるのだが、笑うような場面はまったく分からなかった。深刻きわまりない気持で読んだのである。

ただ、小説の場合は、ストーリーや主題は順次展開されていくことによって、その大きなところは理解できる。だから、私が『罪と罰』を日本語で読んでも、作者が伝えたかったものの何割かは理解したと言ってよいのだと思う。

しかし、これが韻文となると、ストーリーや主題よりも感覚の問題になるから、なかなか理解は難しいだろうと思う。

例えば、芭蕉の〈古池や蛙飛び込む水の音〉を英訳した場合、「古池」を「old pond」と訳してあることが多い。日本語の「古い」が「old」でよいのだろうか。

日本語の「古い」は年代の古さを意味しない。宇治平等院鳳凰堂の前には今から千年ほど前に作られた池が存在するが、これを誰も「古池」とはいわない。千年前にできた池であっても、今でも庭園の中で池として生きていれば古池ではないのだ。それに対し、四～五十年前にできた池でも、もう人が顧みなくなった捨てられたものなら「古池」という。

「古い人」というのも同様で「年齢の高い人」という意味ではない。時代に取り残された人のことである。したがって「古い人」という言葉は、ときによっては若者にも使うことがある。英語の「old man」もそうなのだろうか。

『源氏物語』の宇治十帖の最初の巻である「橋姫」は「その頃、世にかずまへられ給はぬふる宮おはしけり」という文で始まるが、この「古宮《ふる》」は時局から取り残された不遇の宮様である。だから「ふる宮」と言われる。権勢をふるっている場合にはいくら歳を取っても「ふる宮」とは言われない。卒業生のことをOBというが、これは「old boy」の略である。OBとは時局から取り残された不遇の男であろうか。

芭蕉の句をもう一度考えてみよう。まず「古池や」によって、周囲から忘れ去られた、死んだような池を示す。こういう池はもう生きた物のいない、動きのない世界のはずである。そこへ「蛙飛び込む水の音」がするのだ。蛙がいるのなら、蛙が狙う虫や魚もいるだろう。蛙を狙う蛇や鳥もいるだろう。止まったままの世界に動きが生じ、息吹が通う。こうして芭蕉は死の世界に命を通わせたのだ。そこには私たちがはっとする覚醒がある。

こう考えてくると、「ふる」を「old」とした瞬間に、もう原作とは違うものになっているということになるのではないかと思う。「古池」を、古い池のことだなどと表面的に理解するような人間には、翻訳はできない。翻訳というのはこのように難しいものなのだ。

しかし、ここで改めて私たちは考え直さなければならない。

つまり、英語にも日本語の「古い」にあたる言葉があるはずなのだ。同じ人間である以上、同じ感覚を示す言葉を有しているはずだ。私自身は英語に疎いのでいま例を挙げることは出来ないのだが、芭蕉が「古池や」と言った意を正しく捉えた英語を、熟達した翻訳家なら見付けることができるのではないか。

ただ、そのためには原作を掘り下げて本当に理解する能力が必要であり、さらにそれにぴったりの外国語を見付け出す言語感覚が必要となる。これはかなり難しいことだが、現在のように日本人も国際的になり、外国語に堪能な人間が増えてくれば、必ずすぐれた翻訳能力を持つ人が現れるはずだ。そしてまた、日本文学を研究する外国人が増えてきているので、日本文学を正確に理解し、それを自分の国の言葉に置き換えることの出来る人も現れるはずだ。

このように考えてくることによって、私は、俳句が世界の人に理解されることに関しては希望を持っている。俳句が世界遺産になるというような話もあるが、俳句の持つ季節感を基盤とした自然描写や、限られた言葉で気持や状態を表現する暗示性や、さらには挨拶性や即興性の面白さなどはぜひ世界の人たちに共有して貰いたいし、これらをそれぞれの言語においても実践して欲しい。

私たちが俳句を作る場合にはどの言葉がよいかということに心を砕く。そして、それに合う最良の言葉を苦心の末に見付け出すのだ。翻訳をする人もそれだけの努力が必要だ。翻訳というのは、辞書に頼ってタテのものをヨコにするだけであってはならない。翻訳というのはそれ自体が創作なのだ。翻訳家は芸術家なのだ。

こうして私たちの俳句が世界に知られ、世界の俳句に私たちが感動する時が来れば、本当に素晴らしいと思う。いま、世界では紛争が絶えないが、こうして言葉や習慣の違いを超えてお互いに理解し合えるようになれば、紛争を減らすこともできるのではないか。俳句を世界遺産にという試みは、こうしたところまで希望が繋がっていくのではなかろうか。

(「吹越」第一二一号／二〇一五年五月)

夏はいつからいつまでか

私たちが当たり前のように使っている言葉でも、よく考えると分からないということがよくある。

この稿を書いている今は八月だが、今日は果たして夏なのかどうかということになると迷ってしまう。というのは、夏の定義が幾通りもあるからだ。

『日本国語大辞典』で「なつ」を引いてみると、次のようにある。「四季の一つ。春と秋の間。現在では六月から八月、旧暦では四月から六月までをいう。天文学的には夏至から秋分の前日まで、二十四節気では立夏から立秋の前日までをいい、四季のうちで最も暑く、昼が長くて夜が短い」。

この説明のうちで「四季の一つ。春と秋の間」というのは異論ないが、具体的にいつからいつまでかは分からないから、これは説明になっていない。したがって、いつからいつまでかという疑問に答えるものとしては、次の四通りの答があることになる。

1　現在では六月から八月
2　旧暦では四月から六月
3　天文学的には夏至から秋分の前日まで
4　二十四節気では立夏から立秋の前日まで

このうち3は、一般的には馴染みが薄いが、グリニッジ天文台があるイギリスでの季節の分け方で、グリニッジ天文台がすべての天文学の中心であるために、星座の変化などを季節ごとに示すようなときに使われる。

2は、古典文学を読むときに必要な知識である。芭蕉に例をとれば、『おくのほそ道』の旅に芭蕉は旧暦三月二十七日に出発した。これは現在の暦に直すと五月十六日で、立夏から十日以上たっている。しかし、三月であるから、芭蕉は〈行く春や鳥啼き魚の目は泪〉というように春の句を作っている。日光に着いたのが旧暦四月一日であるため〈あらたふと青葉若葉の日の光〉という句を掲げ、ここから夏の句になっている。芭蕉は二十四節気ではなく月で季節を決めているのだ。

現在では、1の六月から八月までというのが夏の定義としては普通で、日常生活はこれでまったく問題ない。ところが、俳句を作る場合に困るのだ。歳時記は二十四節気で季節を決めているので、4の定義に従わざるを得ないのである。令和元年の場合で言うと、五月六日から八月七日までが夏である。八月八日からが秋だとはいっても、実際の暑さはますますつのるばかりであるので、上島鬼貫のように〈そよりともせいで秋立つことかいの〉と言いたくなる。

私個人としては、夏が五月六日から始まることに異議を唱えるつもりはない。「風薫る」「新緑」などの語を使うにふさわしい季節になったという実感があるからだ。ところが、夏が八月七日で終わるというのはどうも賛成しかねる。

たとえば、終戦日（敗戦日）は立秋のあとだから秋ということになるが、私の体験ではどう考えても夏である。小学校三年で終戦を迎えた私は、その日のことをよく覚えている。疎開先で村の子供達と尾白川（富士川の支流の一つ）に泳ぎに行っていた私は、何も知らないままに岩から淵へ飛び込んで遊んでいたが、遅れてやってきた級友から日本が戦争に負けたということを聞いた。そのときの川底のきらきら輝く日の光は今でも鮮明に覚えている。どうしてもこれは夏の記憶である。

広島に原爆が落ちたのは八月六日でこれは立秋前であるが、長崎に原爆が落とされたのは八月九日でこれは立秋後である。したがって、広島忌は夏で、長崎忌は秋ということになるが、これも納得しがたい。私は原爆は体験していないが、光線と熱線に曝された原爆忌はどうしても夏の印象が強い。

高校野球もそうだ。試合の大部分は立秋後になる。これを秋というのはやはり嫌で、かつて甲子園でかちわりを口に含みながら、暑さにくらくらしつつ観戦した思い出は夏としか言いようがない。

「夏終る」という五文字を句に使うことがしばしばあるが、〈トランクをぱたんと閉めて夏終る〉というときの夏の終わりは、八月七日頃のこととは考えにくい。これは八月末日という印象だ。

現在では子供達の夏休みが大人を巻き込んで生活の大切な要素となっているので、夏の終わりというとどうしても八月末という感じになる。子供達の夏休みは、地方によって違いがあるが、だいたい七月の終わりごろから八月末までである。九月に入ると観光地も人が少なくなり、車で走っても道路は空いている。夏が終わったという感じがつくづくと迫ってくる。

このように考えてみると、私の夏は、五月六日から八月三十一日までである。約四ヶ月ということになり、一年の中でいちばん長い季節ということになる。今後も、八月一杯は「汗」「炎昼」「涼し」「虹」「夕立」「西日」など夏の季題を頻繁に使うつもりだ。

（「若葉」二〇一四年八月号／二〇一九年一部改稿）

言葉をずらして使う効果

言葉というものは、使う状況を間違うと、誤用ということになる。ところが、本来そういう使い方をすべきでない言葉を、あえてその場の状況に合わせて使ってみると、そこに、ぴったりのような、ちょっと違うような、仄かなユーモアが生まれる。

A教授は、教室で居眠りをしている学生を叱って、「俺が不眠不休で講義をしているのに、眠るとはけしからん」と言った。B教授は、教室へペットボトルを持ち込んで何か飲みながら講義を聴いている学生に、「俺が飲まず食わずの状態でいるのに、お前だけ飲み食いをするとは何事だ」と叱った。

この場合の「不眠不休」や「飲まず食わず」は、本来の使い方とは少し違う。だから、こういう場に使うことは、厳密な意味で言えば誤用ということになるのだが、その場に合っていないわけでもない。講義中という限定された時間の中だけで言えば、教員は眠ったり休んだりはしていないし、飲んだり食ったりもしていない。つまり、「不眠不休」や「飲まず食わず」である。
こういう言葉の使い方をすると、面白い使い方をするという滑稽味が生じるし、しかも、そういえばぴったりの表現とも言えるという納得も生まれる。つまり、叱るという鋭さに異なる彩りが生じるのだ。
俳句ではこうした言葉の使い方は効果的であり、よく用いられる。

ゆく春や逡巡として遅桜　　与謝蕪村

この句に使われている「逡巡」は、ためらうという意味だ。決断がつかないでぐずぐずしているようなときに使う言葉で、意志を持つはずの人間に使われるものだ。ところが、この句では、春の終わり頃にやっと咲いた遅桜に使われているわけで、花自身に何か事情があって決断がつかず、ぐずぐずしているかのように感じられる。遅桜に意志があるような、つまり、見ている人間と遅桜との間に、意志を持つもの同士の気持の通い合いがあるような雰囲気がここから生じている。

さくら狩美人の腹や減却す　　与謝蕪村

「減却」は減ることだが、普通の日本人の生活の中ではあまり用いられない漢字熟語だ。この句は、お花見をしていて美人もお腹をすかせたということだが、こうした大袈裟すぎるほどの言葉を使うことによって、いかにも腹が減ったという切実さと、場違いな言葉からのユーモアが生じている。

涼風の曲がりくねって来たりけり　小林一茶

路地奥に住んでいる者の僻みで、自分の所には涼風ですらまともに吹いては来ない、路地を曲がりくねってやっと届く、というのである。これも、「曲がりくねつて」という言葉は、普通は風には使わないが、細い路地の奥まで届く涼風の道筋をうまく表現している。

草蔭にぶつくさぬかす蛙哉　小林一茶

『古今和歌集』の序文に「花に鳴く鶯、水に棲む蛙《かはづ》の声を聞けば、生きとし生ける物、いづれか歌を詠まざりける」とあるように、蛙は歌う生物の代表である。それゆえ古来、蛙は声を鑑賞されてきたのであるが、その蛙の声をここでは「ぶつくさぬかす」と表現している。そう言われてみると、蛙のくぐもったような声は、不平を漏らしているようにも聞こえる、そういうおかしさが生じる。

大の字に子が挟って居る枯木　高濱虚子

子供が木に登っている状景である。子供としては木を征服したような気持で、大きく身体を伸ばして枝を摑んでいるのだが、こちらから見ると大木に挟まっているようにしか見えない。ユーモラスな表現だが、固定観念から自由になって見た場合の子供の姿が的確に捉えられていると言えよう。

大根を水くしや〳〵にして洗ふ　高濱虚子

この場合の「くしや〳〵」も、普通は水面の状態を示す場合には使わない言葉だ。ただ、大根を洗っているときの水面の乱れ方は、まさしく「くしや〳〵」と表現すべきものだという感じがする。水面を乱して洗うという言い方なら単に事実を叙述しただけだが、「くしや〳〵」というこの表現によって水が生きたものになる。つまり、状景が生きてくるわけで、文学性が生じてくるのだ。

茎右往左往菓子器のさくらんぼ　高濱虚子

ここで使われている「右往左往」も、普通ならこういう場で使うべき言葉ではない。これは、多くの人たちがあっちへ行ったりこっちへ来たりという混乱状態に使われる言葉だ。ところが、菓子器に盛られたサクランボを見ると、その茎が右を向いたり左を向いたり、まったく秩序がない。本当に人間の混乱ぶりと同じに見える。この場合も、茎がばらばらの方向を向いていると表現するのなら、当たり前の表現で何の面白みもない。「右往左往」という、人間に用いられる使い方をすることによって、状景に息吹が通うとともに、まさしくそのとおりだという説得性も生じるのだ。

誤用めいた言葉の使い方にはこうした効果がある。

（「若葉」二〇一〇年十月号）

語の意味と句の意味の変化

一

言葉というものは使っていくうちにその意味が変化する。それは実社会が変化していき、人の心も変化していくのだから当然である。

例えば、女子大学、女子大生という言葉もそうだ。芥川龍之介が大正九年に発表した小説に『秋』というのがある。女子大学にいるときから才媛の名声を担っていて、早晩作家として文壇に打って出ると周囲から見られていた信子という女性を主人公とする短編だ。

この作品を卒業論文で扱った学生がいて、高商出身という低い学歴の男と結婚することによって、文学への夢が破れて現実に戻っていく平凡な女子大生の話である、と論評したことがある。その卒業論文面接で、私はその学生に、この小説が発表された大正九年に、日本に女子大学が幾つあったか調べてみたかと聞いてみた。つまり、平凡な女子大生という言い方が成り立つのかどうかということを尋ねてみたのだ。案の定その学生は調べていなかったようだが、当時の日本に女子大学はゼロというのが正解である。つまり、この当時、日本には大学令による女性のための大学は一つもなかった。女性の最高教育機関は東京女子高等師範学校（現在の御茶の水女子大学）であって、女子教育機関が大学に昇格したのは、第二次世界大戦後のことである。

それならば、なぜ芥川は女子大学と書いたのだろうか。

「基督教の匂のする女子大学趣味の人生観」というような一節もあるので、おそらくこれは、キリスト教の理念をもとにして大正七年に作られた東京女子大学を念頭に置いているのだろうと思われるが、これは正確には東京女子専門学校と言い、三カ年の高等学部の上に、三カ年の大学部を設置してあった。この大学部を世間一般では東京女子大学と言ったのだ。これ以前に作られていたのは日本女子大学校（現在の日本女子大学）であるが、これも専門学校である。ただ、世間的には女子大と言われていた。

このように女子教育は男子に比べて格下になるのだが、それでも当時は、女が高等教育を受けたりしたらお嫁の貰い手がないと言われ、女子大は姥捨山と言われたりした。

これが当時の実情であるから、女性で大学へまで進むというのは希有のことで、「平凡な女子大生」という言い方は決して成り立たない。この作品は特別な女性を描いたとする方が正しいのだ。ついでに言えば、高商出身の夫とあるが、これも今の商業高校などを連想すると間違ってしまう。高商は大阪や神戸にもあったが、東京で言えば東京高等商業学校で、これは現在の一橋大学（大正九年に大学に昇格）である。実業界の指導者を養成する学校で、専門学校であった女子大に比べて決して低い学歴ではない。むしろ会社員としてはエリートである。

つまり、女子大学、女子大生というような今でも普通に使われている言葉が、これだけ大きく意味が変わってしまっているのだ。

芥川の作品でこうなのだから、夏目漱石の作品となると、百年以上前になるから、もう意味が分からないという方が当たり前なのだろう。『吾輩は猫である』の中に「中学校の生徒に白木屋の番頭を加へて二で割ると立派な月並が出来上がります」という迷亭のセリフがあるが、これをきちんと説明できる人間が現在では何人いるだろうか。

言葉の意味は、このように時代とともに大きく変化する。私たちは現在に生きているのだから、普通の場合には現在の語の使い方に従っていればいいのだが、俳句のように伝統性のあるものに携わる場合には、昔の意味で使うべきか、今の意味で使うべきか迷ってしまう。

その例の一つに「氷雨」があろう。

夏の初めの頃によく起こることだが、積乱雲が発達し、雷雨とともに氷塊が降ってくるのが氷雨である。五ミリから十ミリくらいが普通だが、ときにはピンポン球くらいのものが落ちてきて、ビニールハウスを壊したり、農作物に被害を与えたりする。

ところが現在では、一般的に「氷雨」は冬の霙まじりの寒い雨を言うと考えられている。氷の雨という表記がいかにも寒々としていて冬の雨を連想させるからだろう。何年か前にヒットした歌謡曲に「氷雨」というのがあったが、その歌詞には「外は冬の雨」という個所がある。

こうした現状を反映してだろう。角川の『俳句大歳時記』では、夏の「雹《ひょう》」のところに「氷雨」という語を添えてあるが、冬の「霙《みぞれ》」のところにも「氷雨」が置かれている。つまり、現在では両方に使われるということらしい。

そうなると、次のような句はどう考えればいいのだろう。

生きると誓い氷雨へ帰り行く妻よ　　折笠美秋

妻は激しい雹の降る夏の雷雨の中へ帰って行ったのだろうか、それとも、寒い霙まじりの冬の雨の中へ帰って行ったのだろうか。このときは暑かったのだろうか、寒かったのだろうか。このときの妻は薄着をしていたのだろうか、厚着をしていたのだろうか。もし、木々があったとすれば青葉だったのか、冬枯れだったのか。「氷雨」を夏ととるか、冬ととるかでは、句の世界が大きく異なる。

こうなると、もう私は「氷雨」という語を句の中には使いたくない。私の意図とはまったく違う状況を相手が思い浮かべているという可能性があるからだ。小説やエッセイでは状況を説明して夏か冬かを分からせることができるが、俳句は説明なしに単語が用いられるから、意味が分かれる言葉は使えないのである。意味が変化しつつある語は数多くあるのだが、それらをどうするかは俳句の場合大きな問題だ。

二

社会の価値基準や常識が変化すれば、同じ文面であっても受け取り方が異なってくるのは、諺でも同じである。

「情けは人のためならず」の意味は、他人に情けを掛けるのは他人のためにすることではない、めぐりめぐって、それが自分に帰ってくる、つまり、自分のためになるということだ。ところが、最近の若い人たちは、他人に情けを掛けるのはその人のためにならない、という意味に受け取っている。つまり、本当の意味は他人に情けを掛けておけという意味だが、最近の解釈では他人に情けを掛けるなという意味になる。数人の大学生の居る場で試しにこの諺の意味を聞いてみたら、全員が他人に情けを掛けるなという意味に受け取っていた。

現在のように自立心が尊ばれる社会では、自立心の育成を妨げるようなことは良くないわけで、そういう価値基準からすると、他人に情けを掛けたりすれば、その人が自立できなくなるので良くないということになるのだろう。

ついでに、「住めば都」という諺の意味を聞いてみたら、これは全員ではなかったが、半分ぐらいの者が、どうせ住むなら都会の方がいいという意味に受け取っていた。これは、どんな淋しい、不便なところでも住み慣れれば、そこがいちばんいい住み場所として感じられてくるという意味だが、都会志向の強い現在では意味が変わってくるのだろう。

私は、相模の国は鎌倉郷という片田舎に住んでいるから、老齢者手帳をもらっても何にも役立たない。ところが、東京に住んでいる人は都バスが無料になったり、美術館などの各種施設に無料もしくは安く入れたりするらしい。鎌倉には市バスもないし、施設と言っても無料で入れるのは鎌倉文学館ぐらいのものだ。先日、横浜の三溪園に行ったが、横浜在住者でない私は金を取られた。横浜に住んでいれば無料なのだ。しかも、帰りに三溪園から横浜駅まで市バスに乗ったが、これも横浜に住んでいれば、老齢者ということで無料なのだ。こうなると、私も若い人たちのように、どうせ住むなら都会の方がいいという意味を強く感じることになる。

それにしても、こういう例を挙げると、近頃の若い者は諺もろくに知らないと年配者は言うだろうが、それでは次のような例はどうだろう。

就職活動をしている学生に「色々な会社を回っているのかい」と尋ねてみたら、「はい、なかなか就職口がないのですが、犬も歩けば棒に当たると言いますから、どこかで何か良いことがあるだろうと、あちらこちらの会社を訪問して歩いています」と答えた。この使い方なら、年配者も文句を言わずに、正しい使い方と言うのではないだろうか。

しかし、江戸時代のいろは歌留多を見ると、「犬も歩けば棒に当たる」の絵札には、犬のお尻を棒が叩いている絵が描かれている。犬だってふらふら歩き回れば災難に出会う、人間も慎まなければいけないという意味なのだ。積極性を尊ぶ近代に入ってから諺の解釈が変わったのだろう。

「犬も歩けば棒に当たる」の意味は、年配者の間でももう完全に反対になってしまったと言って良い。このような意味の変化を考えれば、「情けは人のためならず」の意味も「住めば都」の意味も、いずれは今の若い人たちが考えているような意味に変わっていくだろう。

俳句の意味も、時代が変われば変化する。

秋深き隣は何をする人ぞ　芭蕉

この句は、現在では、隣人に対する無関心という意味にとられていることが多い。今の都会生活では隣人が何をしているかを知らないばかりでなく、隣人の顔さえ識別できないくらい疎遠になっているのが普通だからだ。したがって、孤独死をした人がいるというニュースなどで、「隣は何をする人ぞというわけで、お隣のことなんか知ろうともしませんからね」と解説者が言ったりする。

しかし、この句の意味はそうではない。隣人に対する人恋しい気持を詠んだ句だ。この句を詠んだときの芭蕉は、旅の空で死の病と闘っていたのである。そういうとき、隣家からちょっとした物音が聞こえてくる（あるいは隣家がしんと静まりかえっていると考えた方がいいだろうか）、元気なときなら隣家のことなど気にもしないだろうが、病に伏していて人恋しい気持になっている芭蕉は、お隣にはどんな人がどんな暮らしをしているのかな、と思っているのである。

この句は元禄七年九月二十八日に芝柏宅での句会に送られたものだ。芭蕉は大坂に着いてからも各所の句会に出て、なかなかゆっくりとは休めなかった。九月二十六日には清水の茶店に遊吟して〈人声や此道帰る秋の暮〉〈此道や行人なしに秋の暮〉を作った。二十七日には園女宅へ行き〈白菊の目に立てて見るちりもなし〉を作った。二十八日には畦止宅へ行き〈月澄むや狐こはがる児《ちご》の供〉を作った。

そして、翌二十九日は芝柏宅で句会があるはずだったが、大坂に着いてからの「到着の明《あく》日より寒き熱晩々に襲ひ」（曲翠あて書簡）という状態がいよいよ悪化して句会に行けなくなり、句だけを前日に送ったのだ。芭蕉はこのまま起きられなくなる。十月八日に「病中吟」と題して〈旅に病《やん》で夢は枯野をかけ廻る〉を詠み、十二日に息を引き取る。

この句はこういうときに作られたものだから、隣家なんか知ったことではないという意味ではない。しかし、社会が変化し、それに伴って人の心が変化していくと、俳句の意味も違ったものに受け取られるようになるのだろう。現在の名句も、後世には反対の意味に受け取られているかも知れない。

（「若葉」二〇〇九年十一月号・十二月号）

振る、振れぬはそれほど厳密か

俳句では「振る」とか、「振れぬ」とかいうことを言う。他の言葉に置き換えても差し支えのないような語の使い方を句の中ですることを嫌っての言葉である。たとえば、芭蕉の〈行春《ゆく》を近江の人とをしみける〉という句に対して、尚白から「近江は丹波にも、行春は行歳にもふるべし」という非難が出たということが『去来抄』に書いてある。

「行く春」を「行く歳」に置き換えても良いではないか、「近江」を「丹波」に置き換えても良いではないかというのだ。これに対して、去来が、「近江」だから琵琶湖が思い浮かぶのであり、「行く春」だから湖水が朦朧と霞んで、春を惜しむということに繋がるのだと述べて、芭蕉に褒められたとある。

つまり、尚白は振れると言い、去来は振れぬと主張したのだ。

同じく『去来抄』にあるエピソードだが、凡兆の「雪つむ上のよるの雨」という七・五に、どんな上五を置いたらよいかと皆で考えたというのもある。最終的に「下京や」となるのだが、そのとき芭蕉は、「もしまさるものあらば、我ふたたび俳諧をいふべからず」と言ったという。「下京や」以上に良い上五は絶対にないというわけだ。

こういう例に則して俳句理論を考えていた私は、俳句に置かれる語は絶対に他に置き換えられないものである、俳句作者は常にそういう語だけを選んで句を作っているのだと論じた。その頃の私は一介の研究者で、まだ自身では俳句を作ってはおらず、純粋に理論だけで俳句を論じていたのである。

ところが、その後、私は俳句を作るようになった。なぜならば、その当時私を紹介する文章には必ず、「実作者ではないが」という言葉が使われたからである。これは、俳句を作ったことのない人間に俳句が分かるはずはないのだが、という意味である。そこまで俳句が分からない人間だと断定されるのは口惜しかったので、それでは作ってやろうではないかということで、自分でも俳句を作り始めたのだ。

さて、実際に俳句を作ってみると、確かに理論だけを組み立てていたときには気付かなかったいろいろなことが分かってくる。いま話題としている「振る」「振らぬ」についても、そんなに厳密なものではないという新発見があった。

私は平成十九年十月八日に、横浜俳話会で講演をした。講演は別に困らないのだが、その場で出された題で句を作り、互選するのにも参加して欲しいと要請されたのにはいささか困惑した。その場ですぐ句が作れるわけがない。

そこで、私は何日も前からさんざ考えた挙げ句、どんな題が出ても「少年家を捨てむとす」としようと決めた。

さて、当日になって、会場で示された題は「秋雨」であった。そのとき私は横浜俳話会の幹部の人たちと初対面の挨拶をしたり、出されたお弁当を食べたりしていたのであるが、題に接するや、困惑狼狽のふりをし、沈思黙考のふりをし、豁然大悟のふりをして、〈秋雨や少年家を捨てむとす〉と書き付けて係りの人に渡した。

さて、講演は無事に済み、句選の披講になったが、意外なことに私の句にずいぶん票が入っている。いい加減な作り方をした私は忸怩たる思いで、自句が読み上げられるたびに名乗りを上げていたのであるが、その日、私は、夕刻から始まる或る会合に招かれていたので、最後までいることができず、中途退席した。そうしたら、後日、幹事の人から、「盾と賞状というところまでは行きませんでしたが、高順位でしたので」という手紙とともに、三千円の図書券が送られてきた。私に与えられたのは、新俳句人連盟賞というのであった。百何十人もの人が参加していたのだから、たいしたものである。

つまり、実際に作ってみると分かることというのは、こういうことである。理論上は、句の中に置かれる言葉は動かすことのできない唯一のものを用いるべきだということになり、当然それを追求すべきだが、実際に創作の場になると、もう少し融通がきくのだ。俳句作者が自作について述べるとき、いかにも、動かすべからざる語を探し出すのに苦労したかというようなことを述べるが、実際はこの程度のことで言葉を決めていることも多いのではないかと思う。

私だって、〈秋雨や少年家を捨てむとす〉という句について、こんな裏話をせずに、もっともらしい自句自解をすれば、もっと格好良くなる。

「甥の一人に、どうしてもニューミュージックで身を立てたいとギターばかり弾いている少年がいた。親は大反対であったが、少年は大学進学を捨てて、知り合いのバンドに参加するために家を出た。折しも寂しく秋雨が降りしきっていたが、少年は決然として傘もささずに雨の中へ出ていった」などと言えばいいのである。そうすれば、私の句は写実の句になる。

実を言うと、私は以前〈花いばら少年家を捨てむとす〉という句を或る句会で出しているのである。これはごく内輪のグループでのことで、活字にもなっていないので、今回、横浜俳話会に流用したのだ。横浜俳話会は一応公的な場だからもう流用はできないし、するつもりもない。しかし、芭蕉も、〈山寺や石にしみつく蟬の声〉と作ったものを、〈さびしさや岩にしみ込む蟬の声〉に直して人に示し、さらに〈閑さや岩にしみ入る蟬の声〉に直して『おくのほそ道』に入れている。その例に倣えば、私の句は「花いばら」で作ったものを推敲して、「秋雨」に直したのだと言い抜けることもできる。

このように、実際に句作をするといろいろなことが分かってくる。俳句における言葉の組み合わせに結構融通がきくことを知ったのは、句作を始めた収穫であった。

そして、この融通性が、誰にでも俳句が作れる親しみを生み出しているのではないかということを発見できたことも収穫であった。組み合わされる語にある程度の融通性があるために、素人でも作れるし、更により良い組み合わせを求めて思案を重ねれば、もっと良い俳句にもなるのである。俳句が多くの人に愛されているのは、俳句の持つこういう融通性にあるのではないかと思う。

（「若葉」二〇〇八年四月号）

説明は避けリズムは崩さない

清崎敏郎氏が句を作ったとき、師の富安風生に添削されたというエピソードがある。

月光にひらひらひらと幹の蔦

この句ははじめ〈月光にひらひらひらと幹の蔦〉であったものを「ひらひらひらひら」に直されたという。これはなかなか興味深い添削だ。

「ひらひらひらと」と「ひらひらひらひら」とではどこが違うかというと、「ひらひらひらひら」は現在の状況を継続的に示しており、なおこの後も続く印象を与える。それに対して「ひらひらひらと」は「と」という引用を表す助詞によって、途切れが生じ、これによって、そういうことがあったという現在とは切り離された印象になってしまう。

つまり、「ひらひらひらと」は説明的描写になり、一方、「ひらひらひらひら」はいまも目の前で動き続けていることをそのまま示しているわけだ。

こうしてみると、読者が感じ取る印象としては、〈月光にひらひらひらひら幹の蔦〉は、いま目の前で蔦が動いているのであり、それがいつまでも続くというように臨場感を示したものということになる。そして、〈月光にひらひらひらと幹の蔦〉は、そういうことがあったという叙述になる。風生の添削の意味を考えてみると、叙述を臨場感ある実況に切り替えたということになろう。

俳句は説明を避けることが大切だ。説明をしないで読者の心に伝えたい事柄が湧くようにしなければならない。その意味では、わずか一文字ではあるが、この句のような添削は重要だ。

ところで、「ひらひらひらと」なら字余りにならないのだが、「ひらひらひらひら」だと八文字になり、字余りになる。この点の問題はどうだろうか。

実際に口の中で〈月光にひらひらひらひら幹の蔦〉と呟いてみると、字余りという違和感はほとんど感じない。これは、俳句というものが四拍子のリズムに乗せて読まれているからである。芭蕉の〈古池や蛙飛び込む水の音〉を例に取ってみよう。

フル／イケ／ヤ／（休止）／
カワ／ズ／トビ／コム／
ミズ／ノ／オト／（休止）／

我々は俳句を鑑賞するとき、こういうリズムで読んでいる。この四拍子の中にうまく収まれば字余りという印象はなくなるのだ。
いま問題としている句の場合も四拍子で読める。

ゲッ／コウ／ニ／（休止）／
ヒラ／ヒラ／ヒラ／ヒラ／
ミキ／ノ／ツタ／（休止）／

このように四拍子で読めれば、字余りという印象はなくなるのだ。

一方、どうしても四拍子では読めない場合も生じる。そういう場合はあきらかに字余りという印象になる。蕪村に〈春風や堤長うして家遠し〉という句があるが、この「堤長うして」はどうしても四拍子に読むことができない。つまり、字余りという印象が強く感じられるのだ。もっとも蕪村のこの句の場合には、わざと中七を字余りにして、堤の長さ、ひいては春の一日の長さを実感させようとしているのだから、かえって字余りという印象が強くなった方が良い。この字余りは文学的効果という意味ではかえってよく働いていて、字余りであるがゆえに良い句になっている。だが、いまは文学的効果の問題ではなく、リズムの問題を考えているのである。四拍子に収まらない場合は字余り感が生じるということを言いたいのだ。

早稲田大学の校歌は八七調という、日本の韻文では珍しい形を取っているが、リズムという点では決して破調ではない。

ミヤ／コノ／セイ／ホク／
ワセ／ダノ／モリ／ニ／
ソビ／ユル／イラ／カハ／
ワレ／ラガ／ボコ／ウ／

このように四拍子になるためにたいへんリズミカルに感じられる。

つまり、実際の字の数はともかく、四拍子になるかどうかで、字余りの印象になるかどうかが決まるのだ。「新幹線」というような言葉を俳句の上五に据えても字余りの印象があまりないのは、シンカンセンという六文字として認識するのではなく、シン／カン／セン／（休止）／という四拍子で認識するからだ。

富安風生が、清崎氏の〈月光にひらひらひらと幹の蔦〉を〈月光にひらひらひらひら幹の蔦〉に直したのは、字数の問題においても差し支えなかったのである。意味とリズムの両方が良くなったと言うことだ。


（「若葉」二〇一三年五月号）

遅く始めることへの期待

一

最近の俳句界の傾向を見ていると、盛んになったのか、衰えたのか、よく分からない。俳句をする人の数は増えているのだが、その分だけ質の高い作品が生まれているかと考えてみると、簡単には結論が出ないからだ。現在の私たちが名句として、あるいは手本として挙げる句は、どうしても一世代、二世代前の作品であることが多いのだ。

もっとも、私個人はそういう現在の状況を否定的には見ていない。一般的に言って、文芸や絵画などを含むあらゆる芸術が、その真価を認められるには少なくとも四〜五十年かかるのが普通だからである。いま作られつつある句の中に、後世から規範として仰がれる作品が存在することは十分考えられることだと思う。

それと並んで、私は、現在の社会において俳句の存在価値が大きくなったことを認める気持が強い。それは、芸術性とは離れてしまうのだが、俳句が多くの人々に生きる希望を与えているということである。最近は余生が長くなり、定年後に初めて俳句をやるという人が多くなった。これによって人々が新しい生き甲斐を見出したということは、俳句という文芸が現実社会で確固たる価値を有するに到ったということである。そして、このことは結果的には芸術性にも影響を及ぼすのであり、俳句界に新風を招くことにもなると思うのだ。

芭蕉の言葉に、「多年俳諧好きたる人より、ほかの芸に達したる人、早く俳諧に入る」(三冊子)というのがある。「俳諧」という言葉は、狭くとれば今言うところの連句であって、歌仙、百韻などを指す言葉だが、ここは広く発句までを含めた俳諧文芸全体を指す語と考えた方が良い。いま話題にしている俳句に引きつけて言えば、俳句を永年やってきた人より、他のことをやってきた人の方が、本当の俳句の道に入れるということである。

「ほかの芸」とは何かということになるが、日本語の「芸」という言葉は非常に広い範囲を指す。室町時代初頭に成立したと思われる『義経記』では、平家を滅ぼした義経の働きぶりを「目のあたりに芸を世にほどこし」と言っている。義経の戦場における働きも「芸」なのだ。古語における「芸」という言葉は、絵画、文芸、茶道、華道、武道は言うに及ばず、生きていく上での技術や処世術までをも指し示したものなのだ。今日に置き換えてみれば、会社勤務や主婦業、子育てなど、その人が励んだものも含まれることになる。

仕事や子育てに苦労し、熟達したこのような人々は何か大切なものを身につけているわけで、それが作句の上に生きてくると言っているのだ。俳句だけに苦節三十年を過ごすより、他の仕事を熱心に行なって三十年を過ごす方が、良い俳句が作れるのだ。

そして、芭蕉は、「俳諧は老後の楽しみ」(俳諧十論)と言っている。杉山杉風あての遺書には、「弥俳諧御勉候而、老後の御楽ニ可被成候(いよいよ俳諧御つとめ候ひて、老後の御楽しみになさるべく候)」とも言っている。杉風は江戸の魚問屋だが、そうした仕事に一生を使った人が老後に楽しむものが俳諧だというのだ。

定年後に俳句を始める人が多いというのは、それだけ良い句が生まれる可能性が高いということであるから、歓迎すべきことなのである。

ただ、これにも問題がある。定年後に俳句を始めた人が結社に入っても、俳句を先に始めた人たちが先輩顔でいろいろと言って初心者をいじくり回し、初心者の良い面をつぶしてしまうのだ。これは、社会や家庭で立派に生きてきた人にとっては耐えがたいことだ。

そこで、私は折に触れて、定年後に俳句を始めた人たちに、どういう結社を選んだのかを聞いてみているのだが、こういう意見が多かった。小人数であること、その結果として指導者と親しく接することができること、句会の場所が近くでいつでも参加できることの三つが条件なのである。従来は、大結社に入り、そこで頭角を現すことが重要であったが、現在ではそれは望まれていない。自由に自己を発揮できる方が良いのだ。こうして、大結社は人数を減らしつつある一方、同人誌的小グループが増えているのである。

この点で、現在の俳句界は新しい時代に入っているとも言える。そして、ここから新しいものが生まれる可能性があるのであり、私はそれを信じている。

（「俳壇」二〇一六年二月号）

二

最近では、結社の在り方が従来とは違ってきている。これは若い人の数が減少していることも理由の一つに考えられるが、もう一つは定年後に俳句を始める人が多いことも関係していると思う。

カルチャースクールの俳句教室は、圧倒的に年配者が多い。そういう人たちに、どうして有名な先生のいる大きな結社に入らなかったのかと聞いてみると、大結社の序列内に組み込まれてしまうと自分の望む俳句が作れない、という答が多かった。

サンプルとして、ある一人の女性の意見を、なるべく語られた通りに忠実に紹介してみると次のようである。

「私は或る結社に入ったのですが、主宰にはとても会うことが出来ず、先輩が私の句を見てくれることになりました。ところが、句を見せると、これは季重なりだ、これは動詞が二つ入っているというように欠点を指摘されて、私の言いたいこととはまったく違う句に直されてしまうのです。結局、私は結社を辞め、総合雑誌の投句欄に応募するようになりました」
こういう意見に接して、私にも一つ思い出すことがある。もう何年も前の話だが、友人と或る酒場で飲んでいるとき、私たちの席の近くに俳句の初心者を含めた一団の俳人たちがいて、そこで声高に話されている俳句の話が、切れ切れではあるが私たちに聞こえてくるということがあった。その中の初心者らしき人が、こんな句を作りましたと言って、先輩に〈胡瓜もみガラスの器でさっと出し〉という句を示して意見を乞うた。それに対する先輩の指導は、もっと生活を出さなければいけないとか、もしお母さんがいるとしたらそれを入れて、などという言葉が断片的に聞こえてきて、最終的に先輩が示した案は〈死にたいと母が泣きをり胡瓜もみ〉というものであった。

私も自分の友人と話をしていて全部を確実に聞いていたわけではない。会話の一部しか把握出来なかったのだから、実際には先輩がもっといろいろ説明したのであろうが、この最終案は初心者の作った句とはまったく違っている。確かに、〈胡瓜もみガラスの器でさっと出し〉は、素人っぽい句であるが、胡瓜もみの新鮮な感じだけは出ていると思う。その点を生かすことは出来なかったのだろうか。

私のこの体験は極めて特殊なものであるし、多くの結社の主宰者が添削によって適切な指導を行なっていることも知っているが、不適切な指導が行なわれていることもまた事実である。こういう状態に置かれたとき、初心者が俳句をやめたくなるのは十分理解出来る。

現在では寿命が延びて、定年後の人生が長い。そういうとき俳句を作ろうと思う人も多く居る。ただ、この人たちは、俳句では初心者だが、仕事や子育てという大きなことを立派にやり遂げてきた人たちなのだ。それなりの思考力や実行力を持っている人たちである。俳句を作るのは初めてでも、相手の指導が理に適ったものかどうかの判断力は持っているのだ。そういう人たちが既成の結社に物足りない気持を抱き、自分たちだけで同人誌的なグループを作り、己の信じる俳句を作ろうとするのも当然である。

現在、私のところに多くの結社誌が送られてくるが、巻頭句はいつもだいたい同じ傾向である。つまり、この結社ではこういう句が認められるのだなということが分かってしまう。そして、そういう結社にいる人の中には、主宰の採ってくれそうな句を作ろうと自分を曲げていく人もいるのではないかと思う。

この結果、自分なりの俳句を作ろうと思っている人は、自分たちだけの試みの出来る同人誌的結社を作ろうとするのだろう。既成の結社には入らないか、入ってもすぐ出てしまうのだ。かくして、既成の結社は誌友の数を減らしつつあり、同人誌的な小人数の結社の数が増える傾向にある。

これがどのような結果をもたらすか、今のところ判断がつかないが、いずれにせよ、これからの俳句界は大きく変わるだろうと思う。

（「壺」二〇一六年六月号）

俳諧は卑しいもの——上田秋成の場合

『雨月物語』の作者として知られる上田秋成は、小説の創作の他に、古典研究、歌、随筆など、種々の分野でその才能を発揮したが、俳人としてもなかなかのものであった。

その秋成が若いときに熱中していた俳諧を捨て、歌に転向した理由が興味深い。俳諧は卑しいものだからというのである。秋成が七十六歳のときの随筆である『異本胆大小心録』には、次のようにそのことが記されている。

わかい時は人のすゝめて、俳かいといふ事習ふたれば、「さつても〳〵よい口じや」とほめられたので、四十にちかいまで、是を学ぶにひまがなかつた。人の云ふは、「歌よんだがよい。俳かいはいやしい物じや」といはるゝに、ふと思ふたは、歌はお公家さまの道じやとおしやれば、こちとのよんだとてと思ふたけれど、人のすゝめにて、下のれんぜい様へ入門したれば、「さても、そなたはよい歌よみにならりや」「問ひやる事どもは追つてこたよふ」とおしやつて、そのこたへなし。

秋成が入門した「下のれんぜい様」というのは、下冷泉家の藤原為栄であろうと言われているが、どうもあまり頼りになる先生ではなかったようだ。ただし、右の文中の四十というのは晩年になっての秋成の記憶違いで、三十歳と考えるべきだと思われる（詳しくは拙著『上田秋成 その生き方と文学』参照）。ともかく、秋成はこの後、賀茂真淵門の加藤宇万伎に国学を学び、歌にも精進し、二千五百首に及ぶ歌を作り続け、死んだときには「歌道之達人」と過去帖に記されるようになった。

ここで興味深いのは、江戸時代における俳諧の位置である。秋成が生まれた享保十九年（一七三四）は、二百六十年に及ぶ江戸時代の丁度真ん中である。四十二年前に芭蕉が世を去っており、その芭蕉は俳諧の地位を高めるためにたいへんな努力をした。それにもかかわらず、やはり俳諧は卑しいものだったのである。

ただ、俳句が人々から親しまれたことは今日と同様である。秋成も「わかい時は人真似して、俳諧と云ふ事を面白くたうとがりしが、歌よみ習ひて後も、時々言うて楽しむ也」（胆大小心録）と言っている。

秋成の俳句の師はよく分からないが、高井几圭の指導を受けたこともあるようだ。几圭は宝井其角門の早野巴人の弟子である。巴人の弟子には与謝蕪村がいる。蕪村は秋成より十八歳の年長であるが、秋成が「や」と「かな」の切れ字を論じた『也哉鈔』を書いたとき序文を寄せ、「俳諧をたしなみて、梅翁を慕ふといへども、芭蕉をなみせず。おのれがこゝろの適《かなふ》ところに随ひてよき事をよしとす。まことに奇異のくせもの也」と言っている。

また、几圭の子は几董（蕪村の弟子）であるが、その几董は東皐あて書簡で、「摂陽に無腸といへる一大家あり。詩をよくし、万葉歌をよみ、俳諧は宗因・鬼貫・来山をとる無双の才子也」と言っている。無腸とは秋成の文芸上の号であり、今に残る秋成の墓（京都・西福寺）も「上田無腸翁之墓」となっている。

このように秋成は俳句の上でも周囲から高い評価を受けている。ただ、蕪村も几董も書いているように、秋成は西山宗因（梅翁）を慕い、芭蕉は嫌いだったようだ。

秋成は三宅石庵の〈ついきけばきたない事じや梅だらけ〉を褒めた折に「芭蕉など、いふこしらへ者（にせ者）が、よりつける事じやなかつた」と『胆大小心録』で言っている。秋成が生まれ育った大坂は談林派の本拠地なので、秋成も蕉風より談林の方が好きなのだろう。

秋成（無腸）の句は自由さがある。歌人たることを表芸にして、俳句の方は楽しんで作っていたからだろう。

桜〱散《ちつ》て佳人の夢に入《いる》
草分けて孤村に入るや団《うちは》うり

月や霰其《その》夜も更《ふけ》て川ちどり
やどの梅を野咲じやと人は見て過る
彼岸とてあだ鐘つかす野寺かな
うつくしや炬燵に酔《よう》たかほよ人
炭きらす夜はびんぼうをしぐれかな
死神に見はなされたか老の春

秋成は「俳かいをかへりみれば、貞徳も宗因も桃青も、皆口がしこい衆で、つゞまる所は世わたりじや」（異本胆大小心録）と言っている。秋成は俳句を世渡りの具にしようとはしなかった。「時々言うて楽しむ」ものだったのだ。

（「銀漢」二〇一五年一月号）

俳句における恋

男の恋句

一《ひとつ》家《や》に遊女もねたり萩と月
松尾芭蕉（『おくのほそ道』元禄七年成稿）

妻恋の夕は猫の枕かな
井原西鶴（『点滴集』延宝八年刊）

碁は妾《せふ》に崩されて聞く千鳥かな
池西言水（『初心もと柏』享保二年刊）

長崎丸山にて
いなづまやどの傾《けい》城《せい》と仮《かり》枕
向井去来（『去来発句集』安永三年刊）

うらやまし思ひ切るとき猫の恋
越智越人（『猿蓑』元禄四年刊）

初恋や燈籠に寄する顔と顔
炭　太祇（『太祇句選後篇』安永六年刊）

妹《いも》が垣根三《さ》味《み》線《せん》草の花咲きぬ
与謝蕪村（『蕪村句集』天明四年刊）

抱き下ろす君が軽みや月見船
三宅嘯山（『葎亭句集』享和元年刊）

抱きこめば女体虚空の匂いのみ　永田耕衣（『闌位』昭和四十五年刊）

夾竹桃われにひとりの少女棲み　行方克巳（『行方克巳集』平成十八年刊）

女の情句

独《ひとり》寝《ね》や夜わたる男《を》蚊の声侘し　河合智月（『孤松』貞享四年刊）

恋

さゆる夜のともし火すごし眉の剣　斯波園女（『菊のちり』宝永三年刊？）

簾《みす》下げて誰《た》が妻ならん涼舟　秋色（『陸奥衛』元禄十一年刊）

起きて見つ寝て見つ蚊帳の広さ哉　遊女浮橋（『其便』元禄七年刊）

夕顔や女子《をなご》の肌の見ゆるとき　千代女（『千代尼句集』宝暦十三年刊）

君はいま駒形あたりほととぎす　遊女二代目高尾（巷説）

胸に棲む人と酌む酒十三夜　山田弘子（『月の雛』平成二十二年刊）

夕桜あなた御身を大切に　池田澄子（『拝復』平成二十三年刊）

Tシャツで十七歳で彼が好き　降矢とも子（『ロシアンティー』平成二十一年刊）

七夕やメールの返事今日も来ず　田口茉於（『はじまりの音』平成十八年刊）

日本文学においては、恋はもっとも大切な素材である。『万葉集』には相聞歌があり、勅撰集でも恋の部を特立させてある。物語文学も多くが恋を扱っている。

このことは、本居宣長に言わせると、恋がいちばん人間の心を揺り動かすからだ、つまり、いちばん「もののあはれ」が感じられるからだ、ということになる。恋は人を感動させるもっとも大切な素材なのだ。

俳諧においても恋は当然大切にされている。俳諧（いま言う連句）には必ず恋の句を入れなければならず、恋の句が入らない俳諧は端物《はしたもの》と言って、完成品とは見なされない。ただ、俳諧は、五七五の十七文字と七七の十四文字が順次出てくるもので、一つずつは短いから、縷々と恋の感情を述べることはできない。したがって、女の影が現れれば恋の句として扱われるのだ。

芭蕉は発句（俳句）より俳諧（連句）に自信を持っていた人であるから、連句の作法や在り方は身に染みついている。したがって『おくのほそ道』というような文学作品を作る場合にも、俳諧（連句）において恋が必要となるあたりにちゃんと恋の場を作ってある。『おくのほそ道』の市振の場面がそうである。実際の旅ではこうしたことはなかったようだが、それなのに入れてあるのは、恋の場としてである。したがって〈一家《ひとつや》に遊女もねたり萩と月〉は当然恋の句である。

このように、古典俳句における恋の句というのは、女の姿が見えるという程度のものが多い。それに対して女の場合は、男の姿を描いてもそれは人間を描写しただけで恋とはならない。女の場合も女の姿を描くということになろう。千代女の句などがそうだ。それでなければ、はっきり思慕とか性行為を連想させるものでなくてはならない。遊女の作った句などがそれにあたろう。客を誘うというような意味があるからだ。

江戸時代にはもともと女の俳人は少ないため、女の恋の句は拾いにくい。女性が真っ向から恋を詠んだ句は、近代俳句まで待たなくてはならないようだ。

ただ、男女を問わず、俳句で恋の情感を詠むのは難しい。俳句は説明的な記述をしない。季節、事物に即した具体性を主として示し、感覚や情感はその背後に暗示的に生まれるようにしているからだ。

（「俳句」二〇一五年二月号）

ふるさという語に籠もる思い

「ふるさと」という単語は、以前自分に深く関わっていたが、今はそれが過去になってしまった里というときに使われる。したがって、以前は生まれ故郷というほかにも、割に広い範囲にこの語が使われている。

ふるさととなりにし奈良の都にも色は変らず花は咲きけり

これは、平安遷都後の旧都奈良を懐かしんで平城天皇が詠んだ歌であり、京の都に対して奈良がふるさとなのである。

人はいさ心も知らずふるさとは花ぞ昔の香ににほひける

これは、紀貫之が昔、初瀬に詣でるごとに宿泊していた家に久しぶりに立ちよったときの歌で、慣れ親しんだ場所がふるさとなのだ。

ふるさとに行く人もがな告げやらむ知らぬ山路に独り惑ふと

これは、昔私が居た世（現世）に行く人がいるといいのになあ、もしそんな人がいたら告げてやりたい、私独りが知らない死出の山道で迷っていると、という意味である。つまり、あの世（死後の世界）に対してこの世がふるさとなのだ。これは亡くなった後一条院中宮が、現世に生きている人の夢に出ての歌である。

もちろん、こうした使い方に対して生まれ故郷をふるさとと呼んだ例も多く、次第にふるさとは生まれ故郷の意に限定して使われるようになる。かつて関わりを持った土地でいちばん懐かしいのは生まれ故郷であり、万人に共通する感情だから当然のことだろう。したがって、慣れ親しんだというだけではふるさととは呼ばなくなるのであり、その良い例が芭蕉の句にある。

秋十とせ却て江戸を指す古郷

この句は、『野ざらし紀行』の旅に出るときに詠まれた句であり、〈野ざらしを心に風のしむ身哉〉という句と並んで、『野ざらし紀行』の冒頭の部分に出ている。この句はこれから野ざらしになるのを覚悟で旅立とうとすると、そのように覚悟した心に折からの秋風がしみ入るというのである。野ざらしとは野に晒された髑髏《されこうべ》である。芭蕉は旅を修行と考えているから、物見遊山の気持で旅に出ることはない。死へ向かうほどの強い決意で旅に出ようとしているのだ。

ところで、野ざらしの句と並んで出ている、ここに示した「秋十とせ」の句であるが、これは、言葉の使い方から見て明らかなように、唐の賈島《かとう》の「渡桑乾」（桑乾ヲ渡ル）という詩を元にしている。

客舎幷州已十霜　幷州《へいしう》ニ客舎スルコト已《すで》ニ十霜
帰心日夜憶咸陽　帰心日夜咸陽《かんやう》ヲ憶フ
如今又渡桑乾水　如今《いま》マタ桑乾《さうけん》ノ水ヲ渡ル
却指幷州是故郷　却《かへ》ッテ幷州ヲ指ス是レ故郷

『聯珠詩格』

賈島は都から幷州へ赴任して十年を過ごしたのである。都へ帰りたいと日夜思い続けてきた。ところがいま、桑乾河を渡ってさらに遠くへ行くことになった。そうすると、今まで仮の住まいと思ってきた幷州が故郷のように思われてきたというのだ。咸陽は秦の都であって、唐の都は長安であるが、詩の上では咸陽をもって都を表す。

芭蕉はこの詩を踏まえて、「十霜」を「秋十とせ」とし、「却指幷州是故郷」を「却て江戸を指す故郷」としたのだ。芭蕉の句がこのように賈島の詩を踏まえていることを知れば、この句の意味も次のようなものだということがよく分かる。

芭蕉は江戸で十年を過ごした。その間、江戸は仮住まいだという気持を持ち続けていたが、いま野ざらしになる覚悟で辛い旅に出ようとすると、仮住まいのはずの江戸が故郷のように思われる、というのがこの句に込められた意味である。

これで賈島の詩と芭蕉の句がぴったりと重なる。

芭蕉のこの「秋十とせ」の句を、江戸で十年過ごしたので今や伊賀の上野より江戸の方が故郷のような気がする、と解釈する人がいるが、それが誤りであることは、この句が賈島の詩を踏まえていることを考えればすぐ分かる。それに、芭蕉にとってはあくまでも伊賀上野が故郷なのであって、このあと芭蕉は旅を続けて伊賀上野に着くのだが、そこで「長月の初、古郷に帰りて」と言っているし、『笈の小文』の旅では〈旧里《ふるさと》や臍の緒に泣く年の暮〉と詠み、上野だけを故郷と呼んでいるのである

つまり、この〈秋十とせ却て江戸を指す古郷〉という句は、より辛い境遇へ入ろうとすると、仮住まいの江戸でさえ故郷のように感じられるという比喩なのである。芭蕉にとって「ふるさと」とはあくまでも生まれ故郷の伊賀上野であり、この懐かしさ、温かみなどが、今の自分には異境である江戸にも感じられるということだ。

生まれ故郷は、両親や旧友や、かつて駆け回った野山を懐かしく思い起こさせる場所である。したがって、ふるさとを詠んだ句は、当然その懐かしさを作者が込めていると感じ取りながら鑑賞しなければならない。

花いばら古郷の路に似たるかな　蕪村
古郷のおもひにしぐれ聞く夜哉　樗良
古さとや老の寝ざめに出づる月　士朗
初雪や古郷見ゆる壁の穴　一茶
故郷やどちらを見ても山笑ふ　子規
名月や故郷遠き影法師　漱石
ふるさとの月の港をよぎるのみ　虚子
ふるさとの夜半降る雪に親しめり　蛇笏
ふるさとの沼のにほひや蛇苺　秋櫻子
ふる里に母あり水草生ひ競ひ　鷹女
窓を開け幾夜故郷の春の月　汀女

ところが、ふるさとは出身者に温かいばかりではない。状況によってはひどく人の心を傷つけることもある。一茶の場合がその一例である。十五歳で江戸に奉公に出された一茶は、三十九歳のとき父を看取るために帰郷し、その遺言の財産折半をめぐって、継母、異母弟と十二年にわたって争った。その最中の文化四年の八月十四日の条には次の八句が並べられている。

たまに来た古郷の月は曇りけり

たまに来た古郷は秋の夕《ゆふべ》哉
思ひなくて古郷の月を見度《みたき》哉
寝にくても生在《うまれ》所の草の花
古里や又あふことも片思《かたおもひ》
秋の夕親里らしくなかりけり
たまに来し古郷も月のなかりけり
たま〳〵の古郷の月も涙哉

この八句は全部、ふるさとが俺に冷たいと言っているのだ。たまに来た俺に対して月も曇っている、秋の夕べのごとく寂しい、寝にくい、親里らしくないなどと言っている。これは、ふるさとというものが温かみを持った懐かしいものである、という前提があっての表現である。つまり、単なる地名ではこれらの句はなり立たず、ふるさと、古郷だからこそ哀切な印象が迫るのだ。

ふるさとという語が私たちに与える本来的な感情には、長い間の人々の思いが籠もっており、詩歌の上でも強く働く語と言うことが出来よう。

（「俳句界」二〇一八年八月号）

Ⅳ

講演：芭蕉の求めたもの

皆さんこんにちは。

今日ここにお集まりの皆さんは、芭蕉について、どこで生まれたかとか、どういう生涯を過ごした人かなどはよく御存知のはずですので、そういうことは省略して、いきなり本論に入って、芭蕉が俳句の上に何を求めて努力を続けたか、ということに絞ってお話ししたいと存じます。プリントを配布してありますので、それを御覧になりながらお聞きください。

芭蕉は死ぬまで努力を続けた人で、その句境はどんどん変化していきます。変化する芭蕉について行けなくなって、芭蕉から離れる古い弟子も生じたくらいです。その芭蕉の、自己を高める努力の一つは旅です。旅に出ることによって、さまざまな新鮮な感覚を養うことが出来るのです。

芭蕉は「東海道の一筋も知らぬ人、風雅におぼつかなし」（三冊子）と言っています。東海道は、言うまでもなく江戸と上方を結ぶ大切な幹線道路で、江戸時代においてもいちばん交通量が多く、宿場なども完備していました。その東海道すら知らない人というのは、まったく旅をしたことのない人ということです。旅をしたことのない人間には、芸術作品は作れないというのです。旅の刺激すら求めないような人生を送っていれば、感覚が鈍化するばかりだということでしょう。

もっとも芭蕉の旅の範囲はそれほど大きくありません。芭蕉は明石から西へ行ったことがなくて、中国地方、四国、九州は知らないのです。東北地方へは有名な『おくのほそ道』の旅で行きましたが、一度通っただけです。それにもかかわらず、芭蕉を「旅の詩人」と私たちが考えるのはなぜかというと、芭蕉が旅というものを、自分の芸術の上で、非常に上手く活用したからです。

芭蕉は四十一歳のときの『野ざらし紀行』の旅で一流の俳人になり、四十六歳の『おくのほそ道』の旅で、超一流の俳人になったと言われています。旅では、神経の研ぎ澄ましがあり、いろいろなものが新鮮に、そして強く心に感じられます。それを活用して、芭蕉は自分の芸術を高めたのです。

こうして常に自己を高めようと努めていた芭蕉が俳句に何を求めていたかというと、目の前の描写に留まらず、さらにその奥にある意味の広がりなのです。芭蕉には写生的な句も多いのですが、それを超えて、もっと奥深い意味を句の内容として求めていたということを、今回の話題として申し上げたいと思います。次の例からそれを考えてみましょう。

病雁の夜寒に落ちて旅寝哉
海士の家は小海老にまじるいとど哉

『猿蓑』を編纂していたときに、芭蕉は編纂に携わった向井去来と野澤凡兆に対して、この二つの句を出して、どちらかひとつを『猿蓑』に入れろと言ったことがあります。

凡兆は「海士の家は」の句が断然良いと主張しました。「いとど」というのは「いとどこおろぎ」というこおろぎの一種です。漁師の家ですから、小海老を笊にいっぱい採ってきておいてある。そこにこおろぎもまざって、海老もこおろぎもぴょんぴょん跳ねている、この情景のおもしろさということなんです。目の前の光景そのままですが、凡兆はここに切り取られて示された光景が新鮮だとして評価したのです。

それに対して、去来は、小海老に混じるいとどというのは、たしかに新しい素材ではあるけれど、自分でもその情景をみたら句に作れるかも知れない。それに対して、病雁の句は、わたしには到底できない句であるといって、病雁の句を推薦したのです。

お互いに譲らなかったので、両方とも入れようとなり、現在刊行されている『猿蓑』には、この両方が入っております。

『去来抄』によると、後に芭蕉は、病雁を小海老などと同列に論じていたのだなあと言って、病雁の句を良しとしたとあります。

ここで、なぜ病雁の句が良いか考えてみましょう。

この病雁の句は、一羽の病気の雁が群から離れて地上へ落ちてきて、そこで旅寝を過ごすという句です。雁は群をなして飛ぶ鳥ですから、一羽だけで飛んでいるのを見かけることはまずないのですが、仮にあったとしても、その一羽が病気なのかどうかは、私たちには分かりません。つまり、これは写生とは違います。病雁と把握したこと自体に、雁に自分の感覚を託して表現しようとする作者の意図が入っているわけです。病の身でもって、秋の終わりの夜寒の中で旅寝をするわびしさというのを表現しているのです。つまり、この句からは、雁がどうしたかという事柄の叙述よりも、もっと感覚に迫るものがあります。つまり、病を得た旅寝の孤独感がひしひしと迫ってきます。

つまり、芭蕉は目に触れた描写よりも、その奥に潜む意味や感覚の広がりを表現できるかどうかということを重視しているのです。

もう一つ例を挙げてみます。

人 声 や 此 道 帰 る 秋 の 暮
此 道 や 行 人 な し に 秋 の 暮

これは芭蕉が亡くなる半月ほど前の元禄七年九月二十六日に、大坂新清水に遊び、共に俳諧（連句）を捲く人達にどちらが良いかと聞いたものです。前日の日付の曲翠あての書簡に、〈此道や行人なしに秋の暮〉の句を記し、「人声や此道かへるとも句作り申し候」とありますので、自分では決めかねていたものなのでしょう。

「人声や」は、二人以上の人が連れ立って話をしながら帰って行く句です。人の声というのは温かみを感じさせますし、帰って行く先には、温かい夕御飯が待っているだろうと思うと、この句は秋の寂しさの中に仄かな温もりが感じられます。一方、「此道や」は、誰も通らないことを詠んでいます。秋の暮だけでも淋しいのに、この道を歩く人は誰もいない。秋の寂しさがひときわ身に染みます。

人が通ることにした方が良いか、人が通らないことにした方が良いか、芭蕉は、周りの人の意見を聞いたのです。ところがこのとき、周囲の人が、先生がひとりで歩いている、私たちは誰もついていくことができないじゃないか、と解釈しました。それを聞いて芭蕉も、心の内にあるものを言い当てられる思いがしたのでしょう。私の心にもそういう考えがあるのだと言って、この句に「所思」（思うところ）と前書を付けて、この後に皆で作った半歌仙の発句にしたというのです。

芭蕉は最初、人が道を通る状態、次に通らない状態をそのままに描いたのです。この段階ではどちらも見たままを表現した句です。しかし、受け取る側は「道」を現実の道路ではなく、芭蕉が究めようとしている道、すなわち俳諧の道と考えたのです。先生は俳諧の道をたった一人で歩いておられ、私たちは誰もついていくことができないじゃありませんか、と捉えたのです。それは芭蕉の普段の気持と合致しました。芭蕉も、道を究めようと自分は努力している、しかし、いっしょに歩いてくれる人間がいないという心細い気持が自分にもある、その気持が表現されているから「此道や」のほうが良いとしたわけです。芭蕉は見たままの句より、その背後に作者の心や姿勢が盛り込まれているものを良しとしたのです。

もっとも、この「人声や」の句は捨てなければならないほど悪い句とは、私は思いません。秋の侘しさの中に、人の声をとおしてほのぼのとした温かみが感じられますから、これはこれで良いと思うのですが、この場では捨てられたのです。のちに、芭蕉を大変尊敬した蕪村は、「人声や」の句が気に入ったのでしょう、これをもとに〈春雨やものがたり行く蓑と笠〉という句を作っています。

もう一つ、『去来抄』にある有名な逸話を御紹介します。

岩鼻やこゝにもひとり月の客

去来がこういう句を作ったところ、同じ蕉門の洒堂が、この句を月の猿としたらいいのではないかと言い、去来は月の客のほうがいいと思って、芭蕉にどちらが良いか聞いたのです。

それに対して芭蕉がいうことには、「猿とは何事だ。おまえはいったいこの句をどういうつもりで作ったんだ」と尋ねました。去来は「名月のもと、山野を俳句作りに浮かれて歩いていたら、岩のてっぺんに、一人の騒客（風流をもとめてさまよう人）を見つけた。自分のほかにも風流人がいるなあと思い、それを句にしました」と説明しました。すると芭蕉は、「これはそういう句ではない。お前が、その岩の突端で月を見ている人間なのだ。そして、ここにもひとり月の客がおりますよと月に向かって、お前自身が名乗り出ている句だ。そのほうが風流の度合いが強いじゃないか」と言ったのです。

去来の句解は、自分がここにいて、岩の上にもひとり月の客がいるということで、これに遠くの月を描き加えれば一枚の絵になります。つまり、見た情景そのままの句なのです。

芭蕉の考え方はそうではなく、自分が岩鼻に座っていて、月に向かって名乗り出るのです。今日は満月ですから大勢の人がお月さんを見ているでしょうが、ここにもひとり、お月さんに接している私がおりますよと、月に向かって名乗り出ているのです。それによって単に見かけただけの光景ではなく、月を愛する気持、月に浮かれる気持まで盛り込んだ意味内容を持つことになるのです。

芭蕉には見たままをリアルに描いた句がたくさんありますが、さらに、その先に広がる精神的な世界を何とか表現しようとする意図があるのです。こうしてみると、芭蕉は見たものをとても大切に考えてはいるが、なおも作者の気持や態度が盛り込まれる作品を、その先に追い求めていたのがわかります。

私たちは、ややともすると、俳句は見たままを言えば良いと思いがちです。しかし、そうした句の中にさらに大きく広がる意味を込めてこそ、本当の俳句になるのです。これはなかなか難しいことですが、しかし、芭蕉の求め続けたものを私たちも追い求めなければなりません。俳句というものはわずか十七文字でありながらなかなかに奥深いものなのですが、それを私たちも会得しなければなりません。

（二〇一七年十月八日／江東区芭蕉記念館にて）

講演：俳句上達への模索

俳句に通じる和歌の上達法

今日は俳句上達について考えてみたいと思います。もちろん特効薬はないのですが、和歌は長い歴史を持っておりますから、参考になることがいくつかあります。

まず、プリントの1番を見て下さい。

為兼卿いふ、つねにおもしろき歌を、あけくれ見ば、いつあがるともなく、わが作はあがるべきとなり

猪苗代兼載『兼載雑談』

為兼というのは京極為兼で、藤原定家のひ孫にあたります。鎌倉時代の代表的な歌人で、鎌倉時代が終わるころ亡くなった人です。つまり、常に良い歌を朝晩見ていればいつの間にか自分の作品がよくなっていくというのです。

この言葉を書き留めた猪苗代兼載は、室町時代の歌人、連歌師です。『兼載雑談《ぞうだん》』という本は、兼載の言葉を後継者が書き留めたものです。いいものを見続けると良い表現などが身についてくる。自然と歌の作り方が上手になるのです。

良いものだけを見ていれば悪いものも分かるようになる。これは和歌や俳句に限らず、物事のすべてにわたる大原則であります。良いものだけを見続けることが大切なのです。

プリントの2番の正徹は室町時代を代表する歌人で、その正徹が書いた書物が『正徹物語』という本です。

初心のほどは無尽に稽古すべきなり。一夜百首、一日千首などの早歌をも詠みたり、また、五首二首を五日六日に案ずることもあるべきなり。かように駆け足を出したる歌をも詠み、手綱を控ふる歌をも詠みつれば、延促自在になりて、上手にもなるべきなり。

正徹『正徹物語』

たぶん皆さん方もやっていらっしゃると思いますけれど、歌を、私たちの場合は俳句をということになりますが、上達しようと思った場合には、一日に百とか千とか、たくさん作ることをやってみろというのです。しかも、それだけではだめで、今度は少ない俳句を何日間もかけて直していくということもやらなければいけない。この両方をやると句が上手になるというのですね。

いま、多作多捨などと言いまして、たくさん作ってたくさん捨てることが良い俳句を獲得する極意である、という風に言われておりますけれど、多作多捨だけではまだ半分なんですね。多作多捨だけを常にやっていますと、作り方が雑になってくるわけです。悪いのは捨てればいいといって、数だけ増やしていくことになるんですね。ですから、多作と平行してその中の良くなりそうな幾つかの作品を時間をかけて直していく、ということが大切なんです。

芭蕉も何日も何年もかけて直していくということをしているのでして、これは後で例を挙げて説明いたします。

俳句にも関わる日本芸術の特性

さて、俳句とはどういうものなのかということを考えてみると、全部を言ってしまわないことが俳句の一番大切な基本条件なんですね。これは俳句ばかりではなくて、我が国の芸術全般にかかわる基本姿勢なんです。つまり日本人は歌でも俳句でも、あるいは絵画でも、全部を表現し尽くさないようにしています。そして、表現していない空白の部分から生じるものを大切にしているのです。だから、俳句が全部を言い尽くさないのは、十七文字しかないから全部を言えないというのではありません。言わないというところから生じるものを大切にするのが、日本人の感覚全体に通じる大切な要件なのです。

そういう日本人の感覚を見てみましょう。

まず、これは『徒然草』にある「すべて何も、事の整ほりたるは悪しきことなり」という言葉です。何によらず、どこか欠けたところがあった方がよろしいというわけです。

次は、「言ひ残したる体なるが歌は良きなり」という正徹の言葉です。これも全部は言わないようにということを歌の上で言っています。

絵画では、土佐光起が、「すべて画をかくに、墨画ばかりによらず、極彩色なりとも、大方あつさりとかくべし。模様調はざるがよし」（本朝画法大伝）と言っています。描かれたものが整っていないほうがよい。たとえ極彩色で描くとしてもあっさりと描いた方がよい。というように言っているのです。

そして次は、近松門左衛門が浄瑠璃についての心得を述べたものです。

> 其像《そのすがた》をゑがくにも、又木に刻むにも、正真《しょうじん》の形を似する内に、又大まかなる所あるが、結句人の愛する種とはなる也。趣向も此のごとく、本の事に似る内に又大まかなる所あるが、結句芸になりて人の心のなぐさみとなる。
>
> （難波みやげ）

要するに、台本を書く場合に、あまりに実の姿を描くように書いてはいけないということですね。

芭蕉もこれと同じようなことを言っています。

発句はかくの如く隅々《くまぐま》まで言ひ尽くすものにあらず。 （去来抄）

俳句というのは、隅々まで言い尽くしてしまってはだめなんだということなんです。このように見てくると、和歌とか絵画とか演劇とかいろいろなものですが、いずれも共通することは、あまりこまごましたところまで表現するなということですよね。これが日本の芸術の大切な理念です。

俳句もこの中の一つなんでして、これは先ほどもいいましたが、十七文字だから少ししか言わないんだというのではなく、言い残すということが俳句の強みなんだというように考えなければいけないんですね。

この「発句はかくの如く隅々まで言ひ尽くすものにあらず」という俳句の特性を具体的に見るために、プリントにａｂｃと三つの例を出しておきました。

まず、越人の〈君が春蚊屋《かや》はもよぎに極《きはま》りぬ〉という句なんですが、それに対して芭蕉が、この句はもよぎに極りたるということでもう足りている。だから「月影」「朝朗《あさぼらけ》」などと置いて蚊帳の俳句にするのがよろしい。それなのにこれに加えて、変わらぬ色を君が代に引きかけているから、俳句の持っている内容が重くなってしまう。句がきれいに出来上がっていない、とこう言っているのです。

つまり、蚊帳はもよぎに決まっていると言っておけば、おのずとほかのものも普遍の存在である、世の中も変わらずに続いているというところまで意味が広がっていきます。ところが、君が春と言ってしまいますと、君が春を詠んだ句として意味が限定されてしまいます。「月影」や「朝朗」としておけば今の平和が続くということにもなるし、今の静かな生活が続くということにもなるし、いろんなふうに広がっていくんですよね。言い過ぎると広がらなくなってしまう。それを芭蕉は警戒しているわけなんです。

次にプリントのbを見ていただくと、〈春立つや新年古き米五升〉とあります。これは芭蕉の句ですが、芭蕉は「似合しやと初め五文字あり。口惜しき事なり」と言っています。つまりこの俳句を最初〈似合しや新年古き米五升〉と作ったのですが、後に「春立つや」と直し、最初「似合しや」と作ってしまったことが今から考えても口惜しいと言っているんですね。

何故「似合しや」がだめで「春立つや」がいいかということですが、「似合しや」と作者が言ってしまいますと、もう似つかわしいということだけが強く出て、それで終わってしまうのですね。だから、この「似合しや」を削ったのです。陰暦の場合には「春立つ」と新年は同じですよね。だから、「新年」の上に「春立つ」を置いても、意味の上で添加されたものはありません。だからこの変更は「似合しや」を削っただけなのです。

そうしておけば、いろいろな感覚が複合して生じます。

五升のお米を持っていれば命が繋がる、という頼もしい感じもいたします。五升の米を持っているだけで新年を迎えたという、なんだかさびしい感じもいたします。それから芭蕉のように、収入源を持たない者が五升の米を持って新年を迎えることが出来たのなら丁度いい、とも感じられます。つまり、似つかわしいような、わびしいような、豊かなような、複合した感情がわいてくるのです。

つまり、新年を迎えて、去年採れたお米を五升持っているということだけに留めておけば、複合した意味の広がりがあるのです。作者が「似合しや」と限定してしまったら、意味の広がりが止まってしまうのです。

このような言い尽くさない俳句の魅力は、いろいろなところで見ることが出来ます。高濱虚子の句の場合もそうです。虚子も本当に説明というものをしない人でしてね。次の〈そこにある団扇をとりて寛ぎぬ〉という句は、どんな団扇かわからないですよね。「美人絵の団扇をとりて寛ぎぬ」とも出来るし、「もらい物の団扇をとりて寛ぎぬ」でも出来ますが、虚子はそうは言っていない。しかし、「そこにある」という限定のない言葉から、いかにも解放された「寛ぎ」の状態が浮かび上がります。どんな団扇でもかまわない。とにかく手の届くところにあった団扇であおいだのだということで、ゆったりとした寛ぎ方が表現できていますよね。これ、美人絵だったら、美人の団扇でなければいやなんだというこだわりが出てきてしまい、寛いだ気持が損なわれます。

次の〈コレラの家を出し人こちへ来たりけり〉も虚子の句ですが、これも説明がありませんね。コレラが出た家は封鎖されて、中は厳重に消毒され、出入りの人間も厳しく取り締まるわけです。そのコレラの家を出た人がこっちに歩いてくる。コレラの家を出た人は誰だか分からない。でも分かったらつまらない。保健所の人がこっちに来たというのではつまらないんですよ。コレラの家を出た人が誰だか分からないから、あたかもコレラそのものがこちらに歩いてくるような、気持悪さが生じてくるわけです。これも言い尽くさないことの大切さです。

次の〈秋天にわれがぐん〳〵ぐん〳〵と〉も説明はないですね。秋の空に向かってわれがぐんぐんぐんぐんと言うだけで、それで終わっています。説明しようとすれば出来るんですよ。ぐんぐん上りゆくとか、ぐんぐん吸われていくとか、いろいろな言い方が出来るとは思うのですが、そうしてしまうと意味の広がりが限定されてしまう。ぐんぐんぐんぐんと、でやめているものですから、大きな秋の空の下で、あたかも天が私を吸い込んでいくようでもあり、私が天に上っていくようでもあり、あるいは天に包み込まれているようでもあり、という意味の広がりが生じるのです。

芭蕉の言葉にあるように「かくの如く隅々《くまぐま》まで言ひ尽くすものにあらず」というのは、意味の広がりを生じさせる俳句の大切な条件なんですね。

時間をかけて句を磨き上げる（芭蕉の推敲例）

今度は推敲の問題を考えます。先ほど正徹の言葉を紹介したときに、ひとつの句を何日もかけて推敲することが必要だと申しました。その具体例を、芭蕉の俳句の上で見てみたいと思います。

プリントを見て下さい。

山寺や石にしみつく蟬の声　　元禄二年
さびしさや岩にしみ込む蟬の声
閑さや岩にしみ入る蟬の声　　元禄七年

元禄二年に芭蕉が作ったのは〈山寺や石にしみつく蟬の声〉という句です。それから直したものが〈さびしさや岩にしみ込む蟬の声〉で、最終的なものが〈閑さや岩にしみ入る蟬の声〉なのです。

つまり芭蕉は、今日分かっているだけでも三段階かけてこの句を直しているのです。この句は蟬の声を詠もうとした句ですから「蟬の声」は動いていません。だけど、後は全部変わっていくんですね。石が岩に変わっているのは、岩の方が大きいということで分かりますね。山寺（立石寺）は巨大な岩山にありますからね。

それから、岩に向かって蟬の声が「しみつく」「しみ込む」「しみ入る」と変わっていく。これも、どれがいいかと考えてみると分かりますが、しみつくだと表面的についたみたいですね、しみ込むだと、砂に水がしみ込むのように、柔らかいものに入っていくような感じがしますね。そうすると、岩の硬さも損なわないで、しかも奥深くまで蟬の声が入っていくようにするには「しみ入る」がいいでしょうね。おそらく芭蕉は、現在残されているこの三つ以外にもいろいろな言葉を入れてみたのだと思います。この句をよくするために随分苦労しているんです。

もうひとつ変化しているのが「山寺や」「さびしさや」「閑さや」です。山寺はご承知のとおり立石寺のことです。しかし、「山寺や」を置いたのでは京都・大坂・江戸という当時の文化圏の人には分からないだろう。そこで芭蕉は「山寺や」をやめて、そこは寂しいんだぞということで「さびしさや」に変えたわけです。けれども「さびしさや」を改めて芭蕉は「閑さや」に変えました。ここが言い尽くさない大切さになるんですね。

「さびしさや」は限定が非常に強い言葉です。寂しいんだぞといってしまうと、寂しいからどうだという、この次が続かないくらい寂しいというのは強い言葉なんです。ところが「閑さや」というのは、それほど限定が強い言葉ではありません。閑かだから心が落ち着く、閑かだから心が安らぐ、閑かだからさびしく感じる、閑かだから虚しさを感じるというように、「閑さや」の場合はその条件下にいろいろ考えられるでしょう。

つまり「さびしさや」では言いきってしまうことになってしまう。寂しいといったら後は出てきませんですからね。ところが「閑さや」はいろいろな気持が複合して生じてくる。これが大切なところですね。これが「さびしさや」から「閑さや」に変えた理由です。

次の例を見てみましょう。

〈あなたふと木の下暗も日の光〉を〈あらたふと青葉若葉の日の光〉に直しています。これはもうお分かりになりますよね。木の下の暗がりと日の光を一緒に言われては、明るいんだか暗いんだかよく分からないですよね。青葉若葉の、ということによってこの上ない明るさが出てくるし、大自然の美しさまで出てきますから、これは青葉若葉のほうがいいでしょう。

次は〈五月雨や年々降るも五百たび〉ですが、これも最終的に『おくのほそ道』が元禄七年に完成したときには〈五月雨の降り残してや光堂〉というふうになりました。初案は五月雨が五百回降ったと言っているだけです。しかし〈五月雨の降り残してや光堂〉というと、すべてのものを覆いつくし腐らせていく五月雨が、この光堂だけは降り残しているというわけで、五月雨のベールの向こうにそこだけ光り輝くものが浮かんできますね。

光堂には鞘堂と言って、光堂を覆うお堂が芭蕉の時代にもありました。現在はコンクリートになっていますが、当時はもちろん木造です。この鞘堂があるから光堂が直接、五月雨の中には見えないはずという人もいるのですが、これは理屈ですよね。文学というのはどういうイメージが湧くかです。五月雨という言葉を読者が頭に思い浮かべ、光堂という言葉を思い浮かべれば、読者の頭の中には五月雨の奥にそこだけ光っている存在が生じますよね。光堂は鞘堂の中に入っているから見えないというのは、文学の分からない野暮な人の言葉であって、文学の理解で言えば、五月雨の奥に光り輝く存在を見出すというのが、文学的な解釈の仕方になると思います。

次は、すでに出来ているものを、それで終わらせないでまた作り直したというものなんですね。貞享三年に芭蕉は〈観音のいらか見やりつ花の雲〉という句を作りました。けれど翌年貞享四年に、〈花の雲鐘は上野か浅草か〉という句を発表しているのです。作り替えとも、新たにとも言えますが、素材はほとんど同じです。

〈観音のいらか見やりつ花の雲〉というのは、見る方角が一直線ですよね。ところが、〈花の雲鐘は上野か浅草か〉とすると、上野は寛永寺、浅草は浅草寺、つまり上野か浅草かという角度が出てきますね。広がりが出てきます。しかも、その花の雲の中から鐘の音が響いてくるのですから、目で見た花の雲の美しさ、耳に感じる鐘の音。その鐘から誘発される頭の中の世界が、上野から浅草にかけての大きな角度を持っているというようになる。断然後のほうが良いですよね。

つまり、こういうのをご覧になるとお分かりなるように、多作多捨だけで終わらせれば、初案しか残らないことになり、芭蕉もたいした俳人ではないということになってしまいます。ところが芭蕉はその句を納得いくまで直していくんです。その結果が、芭蕉の名句として感動を呼ぶのですね。

ですから多作、これは大切ですから多作を続けていただきたいと思いますけど、その中のいくつかの句を、それこそ四年も五年もかけて完成させるということも大切なんです。芭蕉がもし初案、一番最初の句だけしか作らなかったとしたら、芭蕉は一流の俳人とは言えません。直していったからこそ、芭蕉は超一流の俳人になることができたのです。皆さんもぜひたくさん作る大切さとともに、ひとつの句をしつこく直していくことの大切さも実践していただきたいですね。

句境をひろげるために

私たちはいい俳句を作りたい、そのためにはいい句材を得たいと思っています。ところが、私たちの生活というのはそんなにいろいろな刺激があるわけではない。ですから日常の生活をしていて、そこから俳句を作ると、どうしても同じような句ができることになりますね。それをやはり打破しなければいけません。芭蕉はそのためにしばしば旅に出ました。旅に出れば新しいものに接しますし、心のあり方もまた新鮮になりますからね。しかし、いつも旅に出るわけにはいきませんから、そういう場合、芭蕉はどうやっていたかという例をご覧いただきたいと思います。

芭蕉は歌を鑑賞してその歌の世界を俳句にしたり、漢文の世界を俳句にしたり、いろいろなことをやっています

プリントを見ていただくと、〈春雨や蜂の巣つたふ屋根の漏り〉という句があります。これは芭蕉晩年の作品なのですが、いかにも春雨の降っている静かな情景が浮かび上がりますね。蜂が巣を作るのは夏なんです。ですから、春雨の時期に蜂の巣が残っていたら、去年の蜂の巣がそのまま残っているということですね。残ったままの蜂の巣を、屋根から漏った雨水が伝わってくる。いかにもものにこだわらない人の生活が浮かび上がりますね。

これは、『新古今和歌集』に載っている、大僧正行慶という偉いお坊さんが作った歌、「つくづくと春のながめのさびしきは忍につたふ軒の玉水」というのをもとにしているのです。ただ、まったく違う作品になっています。和歌の場合は、春のながめがさびしいよ、と作品の中で言ってしまっているのですが、俳句はそこまで説明してしまってはいけませんから、春のながめのさびしきなどとは言いません。

それから和歌は、軒から雨だれが落ちているのを、軒の玉水ときれいな表現をとっていますが、俳句は俗な表現をしますから、屋根から漏ってきた雨漏りとします。それから忍は雅《みやび》な素材ですから、芭蕉はそれを蜂の巣という俗な素材に直します。こうして、身近な素材を使ってしみじみとした春の閑かな感じを出しています。

次の〈有明も三十日に近し餅の音〉という句は、兼好法師の「ありとだに人に知られで身の

ほどや晦日に近き有明の月」という歌を基に作ったものです。兼好法師の歌は、この世の中に存在するということさえ、人に知られていない、そういう寂しいわが身が晦日に近い有明の月を眺めている、ということになるのですが、芭蕉は〈有明も三十日に近し餅の音〉と表現します。陰暦では小の月が二十九日、大の月が三十日です。つまり三十日は一番最後の日です。最後の日に御餅をついているというのは、ようやくお正月の用意が間に合ったということです。

つまり有明月の下で、晦日がこようという日に一生懸命に御餅をついている、ようやくお正月の支度が間に合ったというさびしい人の生活というのを描いているわけで、人に知られないわが身という兼好の歌を上手く利用しているわけですね。

次は〈枯枝に烏のとまりたるや秋の暮〉です。これは見たままの写生句のような感じがしますが、実はそうではありません。中国の南画の画題に『寒鴉枯木』というのがあるんです。それを俳句の方に置き換えたものです。

次の〈一声の江に横たふやほととぎす〉は、蘇東坡の『前赤壁賦』の「白露横江　水光接天」をもとにしています。

時間がなくなってきますから、説明が簡略になっていきますが、次の〈五月雨や蚕わづらふ桑の畑〉というのは、『白氏文集』にある「病蚕」という言葉から作ったものです。

日常の生活から俳句を作るというのは大切なことですが、ややともすると同じようなものになりがちなので、いろいろな刺激の元で作句を試みることが必要です。

ほかの人もそういうことをやっています。芭蕉の門人の宝井其角の〈声かれて猿の歯白し峰の月〉は、謝観という人の「巴峡秋深　五夜之哀猿叫月」をもとに作った句です。

蕪村も人の句を参考にして作っています。〈春雨やものがたり行く蓑と笠〉は、芭蕉の〈人声や此道帰る秋の暮〉という句をもとにしています。この秋の暮を春の季節に変えまして、そして帰っていく人の声を、ものがたり行く蓑と笠に変えているわけですね。そして、〈衰ひや小枝も捨てぬとし木樵〉というのは、芭蕉の〈衰ひや歯に喰ひたてし海苔の砂〉という句から作ったものです。

また、その蕪村の〈花に暮れぬ我が住む京に帰去来《かへりなん》〉は陶淵明の『帰去来辞』から作ったものです。

このように、いろいろなものをヒントに俳句を作る。そういう楽しさもぜひ味わってみていただきたいんですね。

終わりに

こうしてみると、俳句の上でまだまだいろいろなことが出来ると思います。写実なら写実という固定観念に囚われず、さまざまに創造力を発揮して、あらゆるものを素材として俳句を作っていけば、俳句にはまだまだ未来があると思います。ぜひいろいろと挑戦してみて頂きたいと存じます。

（二〇一五年九月十三日／日本伝統俳句協会第二六回全国俳句大会にて）

あとがき

これまでに書いたり話したりしたことが、或程度溜まったので、一冊の本にしてみた。

芭蕉に触れている部分が多いのだが、自分としては芭蕉論ではなく、俳句とは何かという課題を常に根底において考えを進めてきたつもりである。

ただ、俳句というものをどのように考えていっても、必ずそれについて芭蕉が何らかの答を出していることに気付いて、改めて芭蕉という俳人の凄さを感じた。

私は今までにいかなる結社にも所属したことがなく、周囲の人たちと楽しみながら句会を行なってきたに過ぎないので、師の言というものを持っていない。ただ、教師生活の中で芭蕉を論ずることが多かったので、芭蕉の言説にはかなり親しんだ。それ故、考えを推し進めていくと必ず芭蕉の言説に突き当たるのである。

何回路地を曲がっても、どんな袋小路に入っても、必ず芭蕉の後ろ姿があるというのが、最近の実感である。結局のところ、俳句を論じるのも、芭蕉を論じるのも同じであるということになってしまう。この書はこういうことを再確認する作業でもあった。

この書に収めた論は、その時その時に書いたものであるから、重複も生じている。なるべくそういうものは削除したり、直したりしたのだが、それでもその場の論に必要なものは残ってしまっている。いささかみっともないのだが、やむを得ない。

この本が出来るにあたっては、全体に目を通して意見を述べてくれた「俳句界」編集長の河内静魚さんと、細かな点まで点検して私の気付かなかった誤りを正してくれた「文學の森」出版部の齋藤春美さんとにたいへんお世話になった。深く感謝申し上げる。

この書が、俳句というものに取り組んでおられる方々に少しでも役立ってくれればたいへん嬉しいことだと思う。

令和元年八月五日

大輪靖宏

著者略歴

大輪靖宏（おおわ・やすひろ）

1936年東京生まれ
慶應義塾大学文学部卒業・同大学院修了
上智大学名誉教授・文学博士

日本伝統俳句協会副会長
国際俳句交流協会副会長
「輪」主宰
上智句会代表

著　書『上田秋成文学の研究』（笠間書院）
『上田秋成　その生き方と文学』（春秋社）
『芭蕉俳句の試み』（南窓社）
『花鳥諷詠の論』（南窓社）
『俳句に生かす至言』（富士見書房）
『俳句の基本とその応用』（角川学芸出版）
『なぜ芭蕉は至高の俳人なのか』（祥伝社）
『芭蕉の創作法と「おくのほそ道」』（本阿弥書店）ほか
句　集『書斎の四次元ポケット』（ふらんす堂）
『夏の楽しみ』（角川書店）
『大輪靖宏句集』（日本伝統俳句協会）
＊横浜俳話会大賞・平成28年度横浜文学賞
『海に立つ虹』（文學の森）＊與謝蕪村賞・文學の森賞準大賞
『月の道』（本阿弥書店）

現住所　248-0012　神奈川県鎌倉市御成町9-21-302

俳句《はいく》という無限空間《むげんくうかん》

発　行　令和元年十二月三日
著　者　大輪靖宏
発行者　姜　琪　東
発行所　株式会社　文學の森
〒一六九-〇〇七五
東京都新宿区高田馬場二-一-二　田島ビル八階
tel 03-5292-9188　fax 03-5292-9199
e-mail mori@bungak.com
ホームページ http://www.bungak.com
印刷・製本　有限会社青雲印刷

ISBN978-4-86438-848-1　C0095